AF209461

JORDNÄRA

Tredje boken
om
Monica i Dörja

Till Annette,
min kära hustru
som inspirerat och uppmuntrat
i skrivandets berg- och dalbana

De personer som figurerar i, och omkring, Dörja by har ingen motsvarighet i det verkliga livet. Att de olika karaktärerna bär prägel av människor jag mött genom livet betyder inte att det är några specifika personer som skildras i berättelsen. Samtliga är resultatet av min egen fantasi och finns bara inom romanernas värld och ram.

Författaren

ARNE G D JOHANSSON

JORDNÄRA

FSC
www.fsc.org
MIX
Papper från
ansvarsfulla källor
Paper from
responsible sources
FSC® C105338

© 2020 Arne G D Johansson
Omslagsfoto: A. Johansson
Förlag: BoD – Books on Demand, Stockholm, Sverige
Tryck: BoD – Books on Demand, Norderstedt, Tyskland
ISBN: 978-91-7851-881-4

Detta har hänt:

sitt sökande efter sina rötter, sina dagars upp-hov, hamnar Monica Björkengren i utkanten av Dörja by där hon köper ett sommarställe som med tiden blir hennes nya hem. När hennes mamma gått bort och hon står ensam i livet blir Larssons i Dörja hennes livs fasta punkt. Där i när-heten har hon sin gode vän och förtrogne Tage Persson. Tage, som är den förste att välkomna henne till Dörja, visar sig vara den man som en gång haft förhoppningen att kunna vinna hennes mammas hjärta men som förlorat henne i samband med att någon annan gjort henne med barn. Det barn som fick namnet Monica och som växte upp långt från den plats där hennes biologiska pappa fanns. Under hela hennes uppväxt och ända fram till den dag då hennes mamma hastigt gick ur tiden var det en djupt förborgad hemlighet vem som egentligen var ansvarig för hennes tillblivelse.

I en anteckningsbok hittar Monica noteringar från hennes mammas ungdom och fram till den dag då hon är helt på det klara med att hon väntar ett barn. Därefter finns inget antecknat, inget som tyd-ligt anger vem som skulle kunna kallas hennes far.

I mötet med den kvinna på vars gård den unga Lilian, Monicas mamma, arbetade när hon blev med barn får Monica vissa antydningar om att det skulle kunna vara den gamla kvinnans framlidne man som våldfört sig på hennes mamma. Det är

5

dock bara gissningar som gamla fru Lagberg burit inom sig under alla år så Monica känner inte att hon kan slå sig till ro med den kunskapen. Hon vill veta mer. Hon vill helst veta allt.

Redan då hon är och tittar på huset som ska bli hennes möter hon en man som gör ett märkligt intryck på henne. Den mannen heter också Lagberg och är den gamlas son. Vid ett flertal möten med denne Valter upplever Monica ett obehag som ibland gör henne rädd. Valters syster Berta driver lanthandel i Kungsfors och blir ytterligare en person som spelar en roll i det fortsatta sökandet efter sanningen.

Arvid Svensson, en något udda figur liksom Judit, en säregen kvinna tillför pusselbitar i det livspussel som Monica försöker lägga för att finna svaret på frågan om vem som är hennes pappa.

Som vacker kvinna utan någon livspartner väcker Monica intresse hos flera av det motsatta könet.

Uno Lövgren, den belevade och gentlemannamässige urmakaren i vars hus i Kornlunda hon hyr sitt kontor är en av dem. En annan är Valter Lagberg som, trots att han är gift, visar ett ibland väldigt närgånget intresse.

I hennes närhet finns även pastor Peter Fridh och hans fru Eva liksom den stillsamma lantbrukarfrun Maj-Britt. Hennes väninnor från ungdomstiden, Agneta och Lena, håller också kontakten med henne.

Trots allt som sker kan hon inte släppa frågan om sitt ursprung. Hon måste få känna fast mark under fötterna genom att det som dolt sig djupt under ytan kommer upp i ljuset så att hon utan oro kan blicka mot himlen i en jordnära visshet.

Första kapitlet

När Monica Björkengren lämnade sjukhuset den där vinterdagen efter att ha talat ut med Arvid Svensson var hennes inre sprängfyllt av känslor. Fast hon innerst inne kände någon form av övertygelse hade hon samtidigt svårt för att ta till sig den verklighet som blev följden av det som hon nu fått veta.

Det hade inte varit lätt för Arvid att dela med sig av det som skavde där längst inne i honom. Den försvagande inverkan som den hastigt påkomna sjukdomen hade på honom gjorde naturligtvis inte saken lättare på något sätt. Det hade blivit många avbrott i den monolog som det till största delen kom att handla om. Monica hade försökt låta bli att ställa frågor även om det funnits ett stort antal sådana som pockade på svar. Hon hade koncentrerat sig på att lyssna, att verkligen lyssna.

Sakta, men säkert, hade ändå bilden vuxit fram. Den bild som var Arvids egen och som han ansåg var den som låg allra närmast den sanning som Monica längtade efter att få del av.

Sköterskor och läkare hade funnits där som en extra garant för att Arvid inte skulle bli tömd på de krafter som han så väl behövde för egen del.

Monica hade också gång på gång påmint honom om att han inte skulle känna sig tvingad att prata. Men han hade varit så enträgen. Han hade visat en sådan angelägenhet, en sådan vilja att verkligen

7

lätta sitt hjärta inför den person som han ansåg var i sin fulla rätt att få veta allt.

Det han haft att säga hade till stor del handlat om Lilian, Monicas mamma. Med nödvändighet hade det förstås även funnits andra personer med i Arvids berättelse, men huvudpersonen var utan tvekan den unga och vackra Lilian som han hyst så starka känslor för.

Han hade ändå berättat lite mer om sig själv och hur han kom till Lagbergs gård. Hur han blivit mottagen och behandlad av Valter Lagberg den äldre och hans betydligt yngre hustru Lovisa.

– Jag blev aldrig klok på om han någon gång berättade för Lovisa att jag var hans son, hade han sagt, men på något sätt kändes det ändå som om hon visste om det. Hon sa det aldrig rent ut till mig, men flera gånger fick jag en känsla av att den tanken ändå fanns där hos henne. Hon var aldrig elak mot mig, långt därifrån, men det fanns något i hennes sätt att behandla mig som jag hade svårt för att förstå då. Som om hon kände sig tvungen att ha en viss distans till mig och ett tvång att hålla mig borta från deras egna barn som var små då.

Han hade tystnat och legat stilla en lång stund för att hämta nya krafter. Monica hade känt sig tveksam om hon verkligen skulle stanna kvar och på det sättet uppmuntra honom att fortsätta att dela med sig av det som säkert kostade på.

Men när hon antydde att de kanske skulle fortsätta en annan gång blev han bara dubbelt ivrig. Att avbryta det som var på gång skulle kanske ha blivit till mer skada än nytta. Hans behov att verkligen få avbörda sig det som han burit på under så många år var så starkt att det inte fanns något hållbart alternativ.

8

– Min mor kom aldrig i närheten av gården, hade han fortsatt efter en stunds tystnad. Det var kanske hon själv som gjorde det valet, men jag tror nog att Lovisa var en starkt bidragande orsak.

Så hade han fortsatt att berätta om sin relation till sin egen mamma och den situation som hon befunnit sig i. Hur den svikna kvinnan hade gjort allt för att ge honom en barndom och uppväxt som skulle ge honom en stadig grund för allt det som livet förde med sig.

– Hon sa aldrig ett ont ord om Lagberg, men hon skickade ändå med mig en varning när det blev dags för mig att börja arbeta där. Hon var angelägen att jag inte skulle råka i besvärligheter och förmanade mig att alltid tänka en gång extra om jag kände mig osäker. När jag kom hem på kvällarna ställde hon inte en massa frågor, men i hennes ögon kunde jag ändå läsa en viss oro. Jag brukade berätta en del om de arbetsuppgifter som jag hade och det verkade lugna henne.

Han hade suckat tungt när minnena från ungdomstiden kom upp till ytan igen.

– När jag en dag berättade om att det kommit en ung flicka till gården var det som om en stor oro kom över min mor, hade Arvid fortsatt sin skildring. Efter den dagen blev hon mera frågvis, ville veta mer om hur olika personer betecde sig. Särskilt intresserade hon sig för hur Lagberg uppträdde mot Lilian, som den unga flickan ju hette. Ja, det var ju din mamma, som du förstår.

Det hade kommit en sådan märklig glimt i hans ögon när han berättade om Lilians inträde på gården och händelserna där omkring.

En underlig blandning av glädje och oro. Som om dåtidens händelser blev nutidens verklighet.

– Hon var som en ängel direkt från himlen. Det fanns ett sådant ljus omkring henne. Man kunde inte låta bli att tycka om henne. Där hon var ville man också gärna vara. Egentligen skulle hon väl först och främst hjälpa till med barnen och hushållet, men som den arbetsmyra hon var räckte hon även till för de övriga sysslorna på gården.

Hans ögon hade ljusnat när minnet av den unga Lilian verkade bli så levande och verkligt för honom. Monica hade sett hur det blänkte av tårar i ögonvrårna.

– Jag tror att jag älskade henne, hade han sagt och fått något fjärrskådande i blicken. Jag tror verkligen att jag älskade henne och jag tror... jag tror att hon på något sätt älskade mig...

Sedan hade han varit tyst väldigt länge. Hans andhämtning hade varit flämtande och blekheten påfallande, men efter en stund av vila hade han på nytt fäst blicken på Monicas ansikte och fortsatt sin berättelse.

Det hade inte varit helt lätt för Monica att hänga med i allt det som han delade med henne. Han hade inte haft någon riktig struktur på återgivandet av de minnen som både värmt och plågat honom under en lång följd av år.

Monica hade i varje fall förstått att det fanns ett flertal ljusa minnen från tiden då hennes mamma fanns där på gården. Ryckvis och tidsmässigt i oordning hade minnesbilderna levandegjorts för henne genom den åldrande mannens stundtals oerhört svaga stämma.

Blicken hade ibland irrat omkring utan fäste för att i andra stunder bli klar och varm och inträngande när han mötte hennes blick. Långa stunder hade han blundat medan han fortsatte prata.

Händerna hade mestadels legat stilla, men ibland hade han gestikulerat med den hand som var mest fri från slangar och trådar från den utrustning som fanns vid sängen han vilade i.

Där fanns inte bara de ljusa minnena. Där fanns också de händelser i det förgångna som satt outplånliga spår i Arvids liv. Som måste ha plågat honom under alla de år som han levt med dessa minnen, denna ovisshet, denna känsla av att vara skyldig utan att veta om det verkligen var så.

Långsamt hade ändå en bild växt fram inom Monica medan hon lyssnade till Arvid. En bild som hon trodde kunde vara så nära den sanning som förmodligen för alltid skulle sakna de slutgiltiga bevisen, de återstående pusselbitarna.

Hon hade insett att hon nog måste acceptera att aldrig till hundra procent bli säker. Att det trots allt skulle finnas ett annat alternativ, en annan möjlighet.

Med bestörtning hade hon tagit del av Arvids bild av den gamle Valter Lagberg. Hon hade fått se in bakom den fasad som hon förstod att de allra flesta hade låtit sig luras av.

– Det fanns något hos honom som han inte kunde kontrollera, hade Arvid sagt med darrande stämma. Något inre tvång att njuta av andras olycka. Jag, jag vet inte hur jag ska kunna förklara det, men jag var fast i det grepp som han hade över mig och min vardag.

Han hade suckat så tungt att Monica befarat att det var hans allra sista andetag, men så hade han lugnat ner sig lite och kunnat fortsätta.

– Han tvingade mig att göra saker som jag inte ville. Han hotade mig på många olika sätt och jag var alltför feg för att säga nej.

Tårarna hade på nytt trängt fram och runnit ned över de skrovliga kinderna.

– Jag bestämde mig gång på gång för att nu fick det vara slut, men ändå föll jag till föga när han gav sina order. Jag ville ju inte göra henne något illa. Jag tyckte ju så mycket om henne...

Det hade blivit ett nytt långt uppehåll då Monica hade trott att nu fanns det inte mer kraft kvar i den skröpliga kroppen.

Men Arvid hade återhämtat sig och fortsatt att dela med sig av det som var hans bild av vad som hade hänt.

Mening fogades till mening och Monica hade försökt att placera in de olika meningarnas innehåll som pusselbitar i ett pussel som hon saknade den viktiga begränsande ramen till.

– Jag kan förstå om du har svårt för att tro mig, hade han sagt, men det var ändå så det var. När jag tänkt tillbaka på den tiden kan jag själv inte förstå hur det kunde bli som det blev, men jag kan ändå inte försöka ändra på det som verkligen hände.

Efter att ha fått något att dricka hade han famlat efter Monicas hand och tagit ett överraskande fast grepp om den.

– Monica, hade han sagt och nu hade blicken varit klarare än någonsin. Monica du måste tro mig när jag säger att ingen av oss egentligen tänkte att det skulle sluta som det gjorde. Men till slut fick jag ändå nog. Det kom en stund då jag kände att jag hade nått en gräns. Den dagen vände jag mig emot honom. Då ställde jag mig på Lilians sida. Då var det plötsligt omvända roller.

Handen som kramade Monicas hand hade darrat av den inneboende smärtan hos Arvid.

– Det var då det hände. Han stod precis vid gluggen ovanför den branta trappan. Först ville han ge oss pengar men när vi inte tog emot dem blev han mycket arg för att vi inte gjorde det han ville. Jag kan när som helst se honom framför mig. Han fick tag i en högaffel som han hotade oss med...
Arvid hade andats stötigt och våldsamt.
– Jag vet inte om det var jag eller om det var hon. Kanske var det båda samtidigt, men fö l gjorde han. Huvudstupa nedför trappan och där blev han liggande. Lilian... Lilian sprang efter Lovisa och jag... jag sprang därifrån.

Det hade varit alldeles tyst en lång stund alltmedan Arvid hade fortsatt att krama Monicas hand och hon hade strukit honom över pannan och kinderna med sin fria hand.

Hon hade känt hur han liksom drog henne till sig, hur han ville komma henne riktigt nära, att det fanns något som han ville viska in i hennes öra.

Hon hade böjt sig mot honom och känt hans andhämtning mot sin kind innan han så tyst att det knappt gick att uppfatta hade viskat det som ingen annan skulle få höra.

Hennes egen reaktion hade förvånat henne själv, men så hade hon på nytt böjt sig över honom, tryckt en kyss mot handen som hon fortfarande kramade och viskat i hans öra:
– Jag tror dig!

Ett uttryck av tillfredsställelse och ett svagt leende som sakta bredde ut sig över hans ansikte hade talat sitt tydliga språk.

Andra kapitlet

Så satt hon där i bilen och kände hur trött hon var. När hon lämnade sjukhuset hade Arvid sovit och hon hade känt ett starkt behov av att få göra detsamma.

Kanske skulle hon bara åka till närmaste plats där hon kunde parkera lite avskilt och luta sig tillbaka några minuter. Inom sig visste hon att hon absolut inte var någon tillförlitlig bilförare i den sinnesstämning som hon befann sig i. Därtill hade tiden tillsammans med Arvid krävt full koncentration så kraftreserverna kändes helt förbrukade.

Något att äta och dricka och sedan någon timmas vila skulle ha varit det optimala just nu.

Hon svängde ut från sjukhusets parkering och bestämde sig för att uppsöka närmaste matställe om det så bara var ett gatukök.

Aldrig hade hon kunnat tänka sig att en vanlig grillad med mos kunde smaka så ljuvligt. Hon brukade vanligtvis inte livnära sig på den typen av mat, men den här dagen var det ett alldeles fullgott alternativ.

Efter att ha torkat sig om munnen med den medföljande servetten lutade hon ryggstödet bakåt så långt det gick och slöt ögonen. Att hon satt på en parkering utanför ett gatukök brydde hon sig inte om. Nu måste hon bara få blunda några minuter och känna hur krafterna återvände.

Bara koppla bort allt både inom och utom henne.

Allt det som pockade på att bli föremål för hennes tänkande fick vänta ett tag. Den påfyllning som hennes inre värld fått i mötet med Arvid måste först få sjunka in och lägga sig tillrätta.

Sakta och omärkligt gled hon in i drömmarnas värld där allt var ljust och vackert till en början. Men snart förändrades hennes omgivning och mörka moln började torna upp, sig samtidigt som en tilltagande motvind svepte emot henne.

De hotande molnen antog både kända och okända skepnader som trängde sig allt närmare inpå henne. Det fanns bara en väg att gå och den gick rakt mot den ihållande blåst som hela tiden ökade i styrka.

Långt därframme skymtade hon ett ljus och insåg att det var dit hon måste nå. Där någonstans skulle oron lägga sig. Där skulle hon finna fäste för sitt inre, för sitt liv, för sin framtid.

Hon vaknade med ett ryck av att någon knackade på bilens sidoruta.

Yrvaket satte hon sig upp och mötte Allan Ohlssons oroliga blick.

– Förlåt att jag väckte dig, sa han när hon vevat ned rutan. Men jag kände igen din bil och blev lite fundersam över att den stod här till synes övergiven. Ja, jag såg faktiskt inte att du fanns i bilen förrän jag kommit fram till den.

Hans ljusa och vänliga ögon sanktionerade äktheten i hans ord.

Monica ruskade lite på huvudet för att få ordning på tankeverksamheten.

– Tack för omtanken, sa hon sedan och gav honom ett litet leende. Jag var bara så trött att jag var tvungen att vila några minuter innan jag åkte vidare.

Allan nickade som om han förstod.

– Ja, det har jag ju inte med att göra egentligen, sa han. Jag skulle kanske ha låtit bli att knacka på rutan när jag såg att du fanns här i bilen, men jag kände att jag inte bara kunde fara härifrån utan att veta att allt var väl med dig...

Han ryckte på axlarna och såg en aning förlägen ut.

Monica mötte hans blick och gav honom ännu ett uppmuntrande leende.

– Du behöver inte ursäkta dig, sa hon. Sanningen är den att jag kommer från sjukhuset. Jag blev kallad dit för att det fanns någon som ville prata med mig där. Det samtalet drog ut på tiden och tog på krafterna så därför köpte jag en korv med mos och bestämde mig för att försöka sova en stund. Jag kände nog att det inte hade varit särskilt klokt att köra hem direkt i det tillståndet som jag var...

– Sådana besök kan verkligen ta på krafterna, sa Allan. Hoppas allt är väl med den som du besökte.

Underförstått fanns där kanske en liten fråga i den sista meningen, men Monica ansåg sig inte behöva besvara den. Vem hon besökt och hur den personen mådde hade ju inte Allan Ohlsson med att göra. Kanske hade hon missbedömt den stillsamme och tystlåtne mannen vid sidan av hans fru, men hon ville ändå inte tro att han hade samma nyhetsbehov som Berta Ohlsson i Kungsfors.

– Då ska jag väl inte uppehålla dig längre, fortsatte Allan. Kör försiktigt!

– Det ska jag. Hälsa Berta så mycket!

Hon startade bilen och kände sig ganska pigg och utvilad när hon svängde ut på vägen. I backspegeln såg hon hur Allan Ohlsson kom efter henne på vägen, men hon kände sig ändå inte förföljd av ho-

16

nom. Han skulle väl hemåt han också. Det var ändå mycket troligt att hon skulle bli samtalsämnet mellan de båda makarna Ohlsson lite senare under dagen.

Själv visste hon inte om hon hade någon som hon skulle kunna dela sina senaste upplevelser med. Vem skulle hon kunna prata med när det gällde besöket hos Arvid och allt som det hade gett henne att bearbeta?

Kunde hon belasta Tage med ännu mera? Hon hade en känsla av att hon måste vara lite försiktig när det gällde honom. Han hade ju sina egna bekymmer, sin egen kamp att kämpa. Även om han lovat att finnas tillgänglig för henne fanns det ändå en gräns för vad han tålde.

Kanske var det dags för henne att våga ta steget och på riktigt konsultera pastor Peter Fridh...

Hon funderade vidare över detta medan den ena kilometern lades till den andra och hon närmade sig Larssons, stugan där hon hade sin verkliga tillflykt och trygghet. Stugan som även öppnat upp dörren mot den fördolda delen av hennes allra tidigaste barndom.

När hon passerade Bertas affär i Kungsfors blev det ofrånkomligt att hennes tankar gled över på den manhaftiga affärskvinnan. Hennes besök på Monicas kontor fanns fortfarande i färskt minne.

Det hade varit överraskande att få se henne där. Delar av samtalet dels på kontoret och dels vid den efterföljande samvaron på Klings kafé spelades på nytt upp inom henne.

Varför hade Berta dykt upp på det där viset? Varför hade hon tagit upp Arvids besök i hennes affär med Monica? Vad var det hon ville ha bekräftat? Visste hon, eller kanske snarare anade hon, att det

17

fanns någon koppling mellan Arvid, henne själv och även Monica?

Att Berta Ohlsson skulle fortsätta att gräva i ärendet var hon övertygad om. Frågan var bara vilka vägar hon skulle använda sig av.

Skulle hon våga ta upp frågorna med sin mor?

Var det troligt att Lovisa skulle avslöja sina misstankar för dottern när hon hållit dem för sig själv under så många år?

Visste någon av dem att Arvid låg på sjukhuset?

Det var mycket troligt att Berta gjorde det. Inte mycket av det som hände i närområdet verkade undgå henne. Även om nu Arvid inte direkt hörde till dem som hade sitt boende och sin vardag i Dörja by eller i dess omedelbara närhet.

Hemma igen laddade Monica kaffebryggaren innan hon företog sig något annat. Behovet av den angenäma drycken var så påtagligt att hon nästan kände sig lite skamsen. Var hon verkligen så beroende?

Hon letade fram ett par bullar som hon hade i frysen och blev påmind om Tages alldeles speciella plats i hennes liv och vardag. Bullarna hade han naturligtvis bakat och haft med sig till henne. Själv visste hon inte ens om hon kunde baka bullar. Det hade liksom aldrig blivit av. Så länge hon bodde i föräldrahemmet behövde hon inte tänka på sådana saker. Där fanns ändå allt som kunde tänkas behövas för en bekymmerslös tillvaro.

Under större delen av sitt liv hade hon väl inte tänkt så mycket på hur bullarna hamnade på bordet. Inte heller hade hon gjort så stor skillnad på olika former av bullar. Men sedan Tage kom in i hennes liv var det annorlunda. Det var på något sätt genom sina bullar som han banat sig väg fram till hennes allra innersta. Kanske var det en överdrift att tänka så, men hans sätt att poängtera bullarnas betydelse hade bitit sig fast hos henne.

Hon tog en tugga och kände sig varm om hjärtat när hon tänkte på Tage.

Den Tage som varit djupt förälskad i hennes mamma för länge sedan. Den Tage som hade hoppats på en framtid tillsammans med den unga och vackra Lilian. Den Tage som blivit bestulen på det som betytt allra mest för honom. Den Tage som, precis som alla andra, fått uppleva hur dörren till det förgångna slogs igen och hur sanningen om vad som verkligen hänt begravdes.

Monicas ögon tårades när hennes tankar uppehöll sig omkring Tage. Hon hade så svårt för att bara acceptera att det som hänt var historia och omöjligt att ändra på. Rent rationellt visste hon naturligtvis att man inte kunde ändra på händelser i det förgångna, men ändå närde hon ibland en oerhört stark önskan att hon skulle få kalla Tage för "pappa".

Hon skulle vilja skriva om ett par kapitel i sin egen mors historia. Lägga in ett skeende där ingen despotisk gammal bonde eller strykrädd ung man fanns med. En skildring av en spirande kärlek som övervann alla hinder och slutligen resulterade i ett kärleksbarn.

Det kärleksbarnet skulle vara hon, Monica Björkengren, men då skulle hon heta något helt annat i efternamn.

Kaffet hann kallna i koppen medan tankarna for iväg. Det var inte något ovanligt, snarare hade det blivit en vana hos henne att låta sig föras bort från nuet. Att sväva bort från det som var kalla fakta och finna en väg in i en helt annan värld. En värld där

19

så mycket var annorlunda. En värld där det inte fanns några stora frågetecken. En värld där allt var glasklart och enkelt.

Hon tömde kaffekoppen och fyllde på med nytt och varmt från bryggaren och tog en bulle till.

Tredje kapitlet

Det hopade sig arbete på Monicas bord och hon kände en stor tacksamhet över att ha något att göra. Något att engagera sig till hundra procent i så det inte blev för mycket tid över att grubbla.

Hon hade inte behövt lägga speciellt mycket pengar på att marknadsföra sin firma. På något sätt var det som om den blev alltmer känd och efterfrågad utan att hon ansträngde sig något särskilt.

– Det är resultatet som räknas, hade hennes hyresvärd och därtill alltmer förtrogne Uno Lövgren konstaterat när hon vid något tillfälle gav uttryck för sin förvåning över att uppdragen flöt in i en allt raskare takt. Gör man ett gott arbete behöver man inte slå på trumman. Du är kunnig och noggrann och därtill har du en kostnadsbild som tilltalar dina kunder. Du kanske inte vet det, men sådana detaljer har en väldig förmåga att bli kända. Efter vad jag hört så kunde du säkert höja din taxa en del utan risk att bli arbetslös...

Monica hade tittat lite misstroget på honom och undrat hur han kunde veta det. Han hade ju inte anlitat henne. Det var ju tvärtom hon som behövt hans yrkeskunnande när den gamla klockan skulle komma till liv igen.

Uno hade skrattat lite generat.

– Jag har funnits här i stan ett bra tag, hade han sagt. Jag ser och hör en hel del. De flesta, även de som driver företag, har behov av att ha kontroll på tiden och då kommer de till mig. Det blir inte bara en affär. Det blir oftast samtal om både det ena och det andra. När en ny företagare etablerar sig blir det naturligtvis samtalsämnet en tid. Särskilt om det handlar om en kvinna...

Han hade tystnat och gett henne en blick som var lite svår att tolka.

Kanske var det en värderande blick.

Kanske var det en uppskattande blick.

Kanske var det en blick som avslöjade djupare känslor än de affärsmässiga...

Monica hade känt sig lite osäker på hur eller om hon skulle fortsätta resonemanget med Uno. Strängt taget hade hon väl knappast tänkt sig någon längre utläggning omkring orsakerna till att firman gick bra. Men den alltid lika tillmötesgående urmakaren hade en förmåga att gå på djupet oavsett vilket ämne som var på tapeten. Det hade hon blivit klar över efter att ha umgåtts med honom utanför affärslivets lite mera strikta ramar.

Efter hjälpen med den gamla väggklockan hade det blivit flera sammanträffanden. Uno hade varit hemma hos henne och hon hade besökt både hans föräldrahem, Lunda gård, och hans egen lägenhet i Kornlanda.

Hans överraskande uppdykande på hennes födelsedag hade inte lämnat henne oberörd. Det fanns något mer än bara vanlig vänskap dem emellan, men hur långt det skulle sträcka sig var hon fortfarande ganska osäker på.

När hon nu satt vid sitt skrivbord och försökte skapa en överblick över det nya uppdrag som just kommit in hade hon helt plötsligt svårt för att behålla koncentrationen. Utan att hon kunde förstå varför dök tankarna på Uno upp. Det var ett tag sedan de träffats under lite mer avslappnade former och hon kände att hon saknade hans sällskap.

Kanske dags att bjuda till lite extra och fråga om han vill komma på middag till helgen, tänkte hon. Jag skulle ju kunna bjuda Tage samtidigt.

Hon hade en svårförklarlig känsla av att det skulle vara bra om de båda träffades. Kanske inte så mycket för Tages skull men desto mer för Unos. Trots att det egentligen inte fanns något släktskap mellan henne och Tage ville hon att Uno skulle få en annan bild av den äldre mannen än den som tydligen fanns hos honom. Han hade ju höjt på ögonbrynen då hon berättat om sin bekantskap med Tage och sagt något om dennes vilda liv i ungdomen.

Hon hade alltmer förstått att det fanns mer än en sida även hos den så belevade och välpolerade urmakaren. För det mesta var det de positiva och behagliga sidorna som hade en framträdande roll, men ibland kunde även andra sidor glimta fram. Reaktioner eller beteenden som visade att även den till synes så perfekte mannen var en vanlig människa. Monica måste tillstå inför sig själv att det kändes bra. Någon ofelbar skulle hon inte stå ut med särskilt länge.

Handen var på väg mot telefonen, men så hejdade hon sig och reste sig från skrivbordsstolen. Varför ringa när det inte var mer än några steg till den som hon skulle kontakta. Det var nog heller inte fel att räta på ryggen och röra på kroppen lite då och då. Hon kände att en längre tids stillasittande inte hade någon god effekt.

Uno tittade upp och ett litet leende syntes i hans ansikte då dörrklockan pinglade.

– Monica, sa han och det gick inte att undgå den speciella betoningen när han uttalade hennes namn. Vad kan jag stå till tjänst med?

Monica besvarade hans leende och slog ut med händerna i en ursäktande gest.

– Kom hem till mig på lördag kväll så bjuder jag på middag, sa hon. Jag har funderat på att bjuda Tage Persson samtidigt. Får se om det kanske kan bli någon mer...

Uno höjde på ögonbrynen och hon kunde notera att inbjudan inte var helt i hans smak. Först hade ögonen lyst upp, men då hon kompletterade den med informationen om andra tänkbara gäster hade det dragit som en skugga över hans ansikte.

– Man får tacka, svarade han efter att ha rättat till ansiktsdragen. Den tjänsten vill jag gärna ställa upp på.

Han skrattade, men det var ett lite forcerat skratt. Monica skrattade med.

– Tja, jag har inget annat som jag behöver ha hjälp med just för tillfället, sa hon när skrattet lagt sig. Klockan går som ett urverk...

Hon avbröt sig och kunde inte låta bli att skratta igen. Den här gången åt sitt eget sätt att uttrycka sig.

– Det får man verkligen hoppas, skrattade Uno och med ens var den något spända stämningen som bortblåst.

– Ska vi säga klockan fem. Det är ju knappast kväll då, men jag skulle tro att det blir en bra tid för middag. Jag har inte bjudit någon annan än, men det tänker jag försöka göra så snart som möjligt. Jag ville bara fråga dig först.

Uno nickade.

– Klockan fem blir bra, sa han och log.

– Då är du välkommen! Och tänk inte att du måste ha något med dig. Det viktigaste är förstås att du kommer.

Hon lämnade uraffären och återvände till sitt eget för att fortsätta med sina arbetsuppgifter. Men innan hon på nytt fördjupade sig i lagar och paragrafer skulle hon ringa åtminstone ett samtal. Kanske två.

Fjärde kapitlet

Monica kunde inte förstå varför hon kände sig så spänd inför middagen som hon höll på att förbereda. Det var ju inte några okända gäster som snart skulle stiga på hos henne. Inte hade hon bestämt sig för något som var krångligt eller vanskligt att bjuda på heller. Ändå fanns den där lite molande känslan i mellangärdet.

Gång på gång kontrollerade hon att allt var som det skulle. Att besticken låg på sina platser, att tallrikar och glas var fria från skavanker av något slag. Att blommorna på bordet inte tog för stor plats och att ljusen var förberedda så att det skulle vara lätt att tända dem när gästerna var på plats.

Precis när hon hörde en bil sakta in utanför hennes stuga ringde telefonen. En svordom letade sig över hennes läppar medan hon skyndade in i rummet för att svara.

– Monica Björkengren!

Hon hörde själv att hon lät både tvär och jäktad.

– Hej Monica, hörde hon en ganska svag röst säga. Förlåt att jag ringer så här på lördagseftermiddagen, men jag måste få prata med dig. Har du, har du tid?

Judit, tänkte Monica. Varför ringer hon?

– Nja, jag vet inte, svarade hon. Jag har bjudit några middagsgäster och det lät som om de första just svängde in på gården. Är det, är det väldigt viktigt eller brådskande eller kan jag kanske ringa upp i morgon. Jag vet ju inte hur sent det blir innan gästerna åker hem igen...

– Åh, förlåt så mycket, sa Judit. Då ska jag inte uppehålla dig. Det blir nog bra om du ringer när du har tid. Det behöver inte bli i morgon om du har annat för dig då. Hoppas att du får det trevligt med dina gäster, vilka det nu än är!

– Tack så mycket. Jag hör av mig, det kan du vara säker på, sa Monica men insåg att hon talade till en död telefonlinje.

Judit hade lagt på.

Långsamt lade hon tillbaka luren och drog en suck. I samma ögonblick knackade det på dörren så tankarna omkring vad den gamla kvinnan i skogen haft för ärende måste läggas åt sidan.

Hon rättade till anletsdragen och kastade en hastig blick i spegeln innan hon öppnade.

– Välkomna! Hon räckte handen till Eva Fridh, som var den första att ta steget inom dörren. Så blev det ändå av till slut. Det var inte en dag för tidigt...

Peter, som följde tätt efter Eva, räckte fram ett litet paket som knappast kunde innehålla något annat än en ljudkassett.

– Litet, men välment, sa han och de ljusa ögonen log mot henne. Hoppas att det ska passa.

– Åh, tack så mycket! Inte behövde ni ha något med er. Jag är bara så glad över att ni ville komma.

Monica kände att hon fortfarande var en aning forcerad, att hon inte hade återfått den fulla kontrollen över sig själv och sina känslor. Men när hon hälsade nästa gäst välkommen med en varm kram var det ändå som om livet återgick till det normala igen.

– Välkommen Tage, sa hon och mötte hans lite forskande, men ändå så uppmuntrande och värmande blick. Vad bra att du kunde få skjuts med pastorns.

– Tack Monica! Så slapp ju du rycka ut den här gången.

Han räckte henne påsen som han hållit lite i skymundan.

– Bullar! Jo, jag tackar så mycket. Du vet ju att det alltid är lite si och så med sådant i det här huset.

Hon skrattade och de övriga stämde in i munterheten.

– Ja, Tages bullar har man verkligen lärt sig att uppskatta, sa Peter.

Dörren stod fortfarande öppen när nästa bil gjorde entré mellan lönnarna som inramade infarten till trädgården omkring huset. Den här gången hade Uno inte tagit lyxvarianten.

Monica, som stod kvar i dörröppningen, såg hur han rättade till sina kläder och strök sig över det glesa håret innan han styrde stegen mot huset. Något i hans sätt att närma sig skvallrade om att han inte kände sig riktigt bekväm med besöket den här gången.

– Hej Uno! Välkommen, sa Monica och räckte honom handen fast hon nog inte hade haft något emot att låta kroppsspråket uttrycka sig lite tydligare. Men med tanke på de övriga gästerna kändes det ändå rätt att vara lite mer formell.

Uno Lövgren hälsade på de andra tre. Någon presentation var knappast nödvändig i sammanhanget. Han kände till vilka de var och för dem var han bekant som den pålitlige och alltid lika serviceinriktade urmakaren.

Det undgick ändå inte Monica att det fanns någon form av distans mellan urmakaren och Tage Persson när de skakade hand med varandra. Det var säkert inget som någon av de andra lade märke till. Kanske var hon bara lite överkänslig när det gällde just dessa båda män som kommit att betyda allt mer för henne allteftersom tiden gick.

– Vad fint du ha det här, kvittrade Eva Fridh medan hon såg sig om i huset. Jag var visserligen inte inne här innan du blev ägare till det, men jag anar att det gjorts en hel del förbättringar innan du flyttade in.

– Det stämmer, svarade Monica och kände sig lättad över att inte bli fast i tankarna omkring Uno och Tage. Jag hade en byggfirma som tog hand om det mesta och jag måste säga att jag är mycket nöjd med resultatet. Så bra som jag trivs här i Larssons kan jag knappast tänka mig att jag skulle göra någon annanstans.

– Sen är ju Dörja också något av världens medelpunkt, inföll Tage med ett skrockande skratt. Har man funnit sin plats här lär man knappast längta bort.

– Så sant, så sant, log Peter Fridh. Som pastor drabbas jag ibland av ångest inför risken att bli kallad till någon annan plats. Det är ju så med oss pastorer att vi har en tendens att flytta på oss med jämna mellanrum.

– Men inte ska ni väl flytta nu!

Tages bestörtning verkade helt äkta.

– Förlåt mig Tage om jag gjorde dig orolig, skyndade sig Peter att säga. Det var inte meningen. Det finns inga flyttplaner i dagsläget, men ibland pratar jag fortare än hjärnkontoret hänger med. Jag ville bara ha sagt att vi också trivs fantastiskt bra här.

– Ja, det gör vi verkligen, strök Eva under.

– Men nu ska vi väl inte stå här i köket och prata, avbröt Monica det pågående samtalet. Vi kan gärna fortsätta att lovorda Dörja med omnejd när vi satt oss till bords. Slå er ner inne i rummet så länge så ska jag ordna med det sista som behövs innan maten kommer på bordet.

– Behöver du hjälp, så säg bara till, sa Eva.

– Jag hjälper också gärna till, sa Uno som på något sätt hamnat lite utanför samtalet. Kanske berodde det på att han var den ende som inte bodde i Dörja.

Monica log mot honom.

– Tack, men jag tror nog att jag klarar av det som ska göras på egen hand. Ni kan säkert få ge mig ett handtag med disken lite senare om ni vill.

Hon kände sig plötsligt så mycket lättare om hjärtat och inom henne tonade den där sången som blivit något av en ständig följeslagare för henne.

"Blicka mot himlen opp".

Det blev en avslappnad och trivsam samvaro omkring Monicas matbord. Själv kände hon sig inte helt nöjd med maten som hon åstadkommit, men gästerna tycktes inte tveka när det gällde att fylla på sina tallrikar. Då var den nog inte så tokig i alla fall, tänkte hon.

Samtalet runt bordet kom mest att handla om de senaste händelserna i både närområdet och lite vidare omkring. Lite alldagligt tal som varken tillförde något särskilt eller riskerade att sänka stämningsnivån.

Vid det efterföljande kaffet kom dock frågan som förändrade en hel del. Även om Monica förstod att det inte fanns någon dold anledning bakom frågan hajade hon ändå till inför den.

– Tycker du att du hunnit rota dig här i Dörja nu? Du har väl annars dina rötter någon annanstans...

Det var Eva som ställde frågan och som sökte hennes blick tvärs över bordet.

Monica försökte sig på ett leende medan hon samtidigt fick kontroll över de känslor som plötsligt hotade att överväldiga henne.

– Joo, det tror jag nog att jag kan säga, sa hon sedan med betoning på varje ord. Som jag sa tidigare tror jag inte att jag skulle kunna trivas bättre på någon annan plats.

– Men visst måste skillnaden vara stor mellan den här landsbygdsändan och storstaden på västkusten, fortsatte Eva. Jag kommer ju själv från en mindre stad och tycker nog ändå att det är en stor kontrast mellan min ungdoms miljö och den som finns här.

Monica nickade.

– Så är det förstås. Men jag kan inte påstå att jag saknar uppväxtmiljön. Jag saknar förstås mina föräldrar och en del av dem som jag umgicks med där borta, men annars känner jag mig väldigt hemma här. Så som svar på din fråga kan jag nog säga att jag börjat rota mig i den här bygden...

– Ja, det tar ju tid för rötter att växa sig starka, inflikade Peter som tycktes ana att det inte var helt bekvämt för Monica att fördjupa sig i ämnet. På både gott och ont, skulle man kanske kunna säga. För oss pastorer har det sina fördelar om inte rötterna växer sig alltför djupa alltför snabbt. Om vi sedan ska försöka plantera om oss, menar jag.

– Börjar du med det där nu igen, sa Tage med ett snett leende. Ni ska väl inte flytta så det blir väl ingen omplantering för er del...

Peter skrattade till.

– Nej, förlåt mig Tage. Tack för att du reagerar och rättar mig när jag talar innan jag tänkt färdigt.

– Ingen orsak, muttrade Tage, men ansiktsuttrycket vittnade inte om den tvärhet som uttryckssättet signalerade.

Monica kände på nytt en lättnad över att fokus flyttades från henne till någon annan. Hon ansträngde sig för att komma på något att säga. Något som garanterade att de inte på nytt hamnade i ett resonemang omkring boende och trivsel.

Dessa frågor hade hon fortfarande behov av att bearbeta på egen hand och i den takt som hon själv kunde bestämma.

Femte kapitlet

När tre av gästerna tackat för sig, och hon fått hjälp med disken av Uno, kände sig Monica ganska nöjd. Uno dröjde sig kvar några minuter men verkade ändå inte helt säker på att hans närvaro fyllde någon större funktion just för tillfället.

– Det är väl dags för mig att göra som de andra, sa han utan att fästa blicken direkt på Monica. Det har varit en riktigt trevlig kväll. Roligt att få lära känna både Tage och pastorsparet lite närmare.

– Så bråttom har du väl inte, invände Monica. En kopp te och en smörgås skulle väl inte vara helt fel nu när vi jobbat klart.

Uno ryckte lite på axlarna.

– Om du tycker det så...

– Slå dig ner därinne i rummet så kommer jag strax. Du kan kanske tända en brasa medan du väntar. Allt är förberett som du ser. Jag lät bara bli att tända den tidigare eftersom vi var så många. Det blir lätt för varmt när man eldar.

När hon kom med ett par koppar ångande hett te satt Uno redan i en av fåtöljerna och följde de dansande lågorna med blicken. Det fanns några djupa veck i hans panna som skvallrade om att det pågick en tankeverksamhet därinnanför.

– Har du inte berättat för pastorsparet att du faktiskt har dina rötter i den här bygden?

Unos fråga kom lite överraskande och väldigt rakt på sak. Monica var inte alls beredd på den och kände att hon måste ha lite tid att tänka innan hon gav något svar. Att hon inte berättat något var förstås uppenbart, men vad som var orsakerna bakom detta fanns förmodligen också med i frågan.

– Nja, sa hon lite dröjande. Det har inte funnits tillfälle eller anledning till det. Jag... jag vet ju fortfarande inte, jag menar att jag är ju inte säker på vem som är min riktiga pappa. Det, det är så mycket som... så många lösa trådar fortfarande...

Uno fortsatte att titta in i elden.

– Det är ju din ensak, sa han. Jag trodde nog förstås att paret Fridh tillhör dem som du kunde ha anförtrott dig åt. Eller åtminstone pastorn. Det är väl sådant som sådana som han är bra på.

Monica log lite grann.

– Ja, det är inte för att jag saknar förtroende för honom som jag inte sagt något, förklarade hon. Det har faktiskt hänt att jag funderat på att be om ett enskilt samtal, men ändå har det inte blivit av. Jag har väl inte vetat riktigt hur jag skulle lägga upp ett sådant samtal. Sen har jag ju Tage...

– Jo, det har jag förstått. Jag måste erkänna att jag nog haft en ganska felaktig bild av den mannen. Idag har jag förstått vad han betyder för dig och insett att det är på goda grunder som han har den ställningen i ditt liv. Kände man inte till din historia skulle det vara lätt att dra slutsatsen att han är din pappa.

Monica nickade.

– Jag kan nog erkänna att den önskan har funnits hos mig ibland. I mina allra ljusaste drömmar har det faktiskt varit på det viset. Du tycker kanske att det låter barnsligt, men innerst inne finns det fortfarande en mycket liten flicka. Ett barn som längtar efter sin pappas hand...

34

Det blev inte så mycket mer sagt mellan dem innan Uno kastade en blick på sitt armbandsur och reste sig från fåtöljen.

– Nej, nu är det dags att styra kosan mot Kornlanda, sa han. Än en gång tack för en mycket trevlig och givande kväll. Tack för att jag fick vara med om det här.

Monica tog den utsträckta handen och kände hur han drog henne närmare sig.

När hon några minuter senare stod vid fönstret och såg hans bil försvinna mot dörjahålet lade hon högerhandens utsida mot sina läppar. Handen där Uno tryckt en kyss innan han lämnade henne.

Det hann bli söndag eftermiddag innan Monica lyfte telefonluren för att ringa den där samtalet som funnits i hennes tankevärld alltsedan hon vaknade på morgonen.

Det gick fram en hel del signaler innan hon äntligen hörde den lite knarriga rösten.

– Hallå!

– Hej, det är Monica. Förlåt att jag dröjt så länge med att ringa. Jag hoppas att du inte är ledsen på mig för det...

– Ledsen? Nej varför skulle jag vara det?

Det blev tyst en stund. Monica visste inte vad hon skulle säga och från Judits håll hördes absolut ingenting.

– Hallå, är du kvar?

Det var Judit som bröt tystnaden.

– Jo, jag är här.

– Vad bra. Egentligen skulle jag nog inte vilja prata med dig på telefon. Jag skulle bra gärna vilja se dig när vi talas vid. Är det för mycket begärt om jag ber dig komma hit när du har tid?

– Absolut inte. Jag kommer mer än gärna. Vill du att jag ska komma redan idag så går det bra. Jag har inget annat för mig. Det ska bli riktigt trevligt att få komma hem till dig igen.

– Menar du det? Då ska jag sätta på kaffepannan och se efter om det finns något att bjuda på. För du dricker väl en kopp?

– Det tackar jag inte nej till. Jag är hos dig om bara några minuter.

– Klick!

Monica kunde inte låta bli att ge telefonluren en extra lång blick innan hon lade tillbaka den.

Märkligt sätt att avsluta ett samtal, tänkte hon och fick en fundersam rynka i pannan. Judit är sannerligen inte en bland många. Hon är speciell, ett riktigt original...

Den här gången behövde hon inte knacka när hon kom fram till den låga dörren. Den stod redan på glänt och Judits ansikte dök upp i dörrspringan i samma ögonblick som Monica sträckte fram handen för att fatta tag i handtaget.

Den gamlas ansikte avslöjade inte något speciellt, men Monica tyckte ändå att det fanns något i ögonvrån som inte funnits där vid tidigare möten mellan de två. En glimt av oro, kanske lite ängslan.

– Kom in och ta skor och jacka med till köket, sa Judit medan hon stängde dörren bakom dem.

Det var samma gemytliga atmosfär i köket som förra gången då Monica varit där. Den gången hade hon känt sig spänd inför mötet med den gamla. Nu kändes det som ombytta roller på något sätt. Det fanns något hos Judit som gjorde henne osäker.

Det heta kaffet serverades tillsammans med ett rikligt tilltaget kakfat.

– Ja, jag har kvar en del av julkakorna fortfarande, ursäktade sig Judit. Det går ju knappast åt några alls här i huset, men ändå kan jag inte låta bli att baka. Ät så mycket du kan. Det är bara en välgärning.

Monica skrattade.

– Tack, men jag får nog tänka lite på figuren också, sa hon. Det är lätt att det blir lite för mycket av det söta.

– Dumheter! Det finns väl knappast ett hekto för mycket på din kropp. Jag skulle väl inte säga det kanske, men grannare fruntimmer tror jag aldrig att jag sett. Det skulle väl i så fall ha varit Lilian, din mamma...

Judit plutade med läpparna och tittade nästan lite förläget på Monica som inte visste riktigt hur hon skulle hantera situationen. Den var både uppmuntrande och lite komisk på något sätt samtidigt som påminnelsen om hennes mamma skapade starka känslor inom henne.

– Förlåt, sa Judit när hon såg Monicas reaktion. Det var inte meningen att genera dig på något sätt.

Hon tystnade och fäste blicken någonstans i fjärran, tog en slurk ur kaffekoppen och vände sig sedan mot Monica.

– Du undrar förstås varför jag ringde.

Monica nickade.

– Kanske är det bara dumheter, fortsatte Judit, men jag kände att jag måste prata med dig. Vi, vi blev ju inte riktigt klara när vi var hos dig på julafton. Allt kunde inte sägas när vi var så många.

Monica nickade igen. Hon kände inget behov av att säga något utan ville bara låta Judit fortsätta.

– Jag har funderat en hel del sedan vi skildes efter julottan. Jag borde förstås ha ringt och tackat dig för allt du gjorde för mig, för oss, den här julhelgen. Det hör ju knappast till det vanliga att någon gör något sådant för folk som man bara känner lite grann.

Judit tystnade och lät sin forskande blick vila på Monica.

– Det hade kanske inte blivit av för mig nu heller om inte...

Den gamla kvinnan gjorde ett uppehåll. Det syntes att hon fortfarande kände sig tveksam om hon skulle fortsätta, men så suckade hon och fortsatte:

– Om inte jag hade fått besök här i veckan. Du ska veta att jag blev väldigt förvånad när Valter Lagberg stod utanför dörren. Det hade jag inte väntat mig.

– Valter! undslapp det Monica. Vad ville han?

I en blixtrande fart for minnesbilderna genom Monicas huvud.

Första mötet med denne Valter Lagberg då han mer eller mindre smög sig på henne utanför Larssons. Den där dagen då hon åkt för att ta sig en titt på det som senare skulle bli hennes permanenta boende.

Hans märkliga leende och hans närgångenhet vid senare möten med honom. De där anspelande kommentarerna som han hade en sådan märklig förmåga att slänga ur sig. Hans antydningar om en närmare relation dem emellan.

Den hotfulla situationen ute i skogen och de obehagliga stunderna både hemma i stugan och inne på kontoret.

Valter Lagberg satte känslorna i svallning hos henne och hon kände sig maktlös inför dem. Hur hon än ansträngde sig för att hantera dem på ett rationellt sätt lyckades hon ändå inte.

– Ja, det undrade förstås jag också, sa Judit. Men eftersom han stod där hade jag ju inget annat val än att släppa in honom. Så fortsatte hon att berätta för Monica vad som avhandlats mellan henne och Valter Lagberg.

Det tog en bra stund att reda ut de olika begreppen i den historia som Monica fick sig till livs den här söndagseftermiddagen. Det fanns ett antal olika trådar som måste följas tillbaka i tiden för att bilden skulle klarna och Monica få en ram eller en bakgrund till det som nu oroade Judit.

– Jag vet inte hur mycket du känner till om familjen Lagberg, sa Judit. Ja, en del fick du ju veta när vi var samlade i julas, men det finns förstås mer. Att karlarna i den där familjen haft svårt för att hålla sig i styr är väl ingen hemlighet. Den gamle Valter var svår på fruntimmer i sin ungdom. Man trodde väl att det skulle bli bättre när han blev gift, men det blev nog inte riktigt så.

Den gamla snöt sig och hostade några gånger innan hon var klar att fortsätta.

– En annan kunde också ha råkat illa ut, sa hon med låg röst. Jag skäms väl för att säga det, men han hade en ovanlig förmåga att få kvinnfolken att bli tillmötesgående. Det var som om man tappade både sans och förnuft när han gjorde sina närmanden. Men Lovisa fick han nog vänta på tills de var lagligen vigda. Där mötte han nog en som var starkare än han själv...

Judit reste sig för att lägga in mer ved i köksspisen och fylla på kaffe från pannan som stått på varmhållning. Monica tackade ändå nej till påfyllning. Hon visste med sig att hennes mage skulle göra uppror om hon drack av det kaffet nu.

– Ja, det är egentligen en gåta att de blev ett par, Valter och Lovisa. Men han följde ju med henne till kapellet och många trodde väl att han ångrat sitt tidigare leverne. Hur det var med den saken kan man nog fundera över. Ännu mer sedan Arvid berättat sin historia. Även om han tydligen visade en annan sida genom att ta sig an den lite annorlunda pojken.

Judit ruskade lite på huvudet och strök med handen över bordduken.

– Man undrar ju hur mycket Lovisa egentligen visste när det gällde mannens eskapader. Med den klarsynthet som hon alltid haft borde hon ha genomskådat honom. Men kanske var hon för stolt för att erkänna de verkliga förhållandena...

Det blev tyst en stund igen i Judits kök.

Monica undrade om den gamla tappat tråden. Om hon plötsligt hamnat i de gamla minnenas arkiv och glömt bort att hon hade något mera närliggande att prata med sin gäst om. Hon hostade lite lätt för att väcka Judits uppmärksamhet.

– Jaja, du undrar förstås när jag ska komma till mitt verkliga ärende, sa Judit och plötsligt var hon i allra högsta grad levande och närvarande. Du undrar förstås vad Valter ville med sitt besök.

Monica nickade svagt.

– Jag är inte riktigt säker, fortsatte Judit, men jag fick en känsla av att han tycker sig ha tappat kontrollen. Ja, det är väl ingen hemlighet att både han och hans far varit mycket angelägna om att ha kontroll på allt och alla i den här bygden. Den gamle Lagberg var precis likadan som sonen är nu.

Hon suckade.

– Jag tror att han börjat ana att du kan ha en mycket starkare koppling till familjen Lagberg än vad någon i den här bygden vet. Jo, det finns kanske några som vet, eller tror sig veta, och jag är väl en av dem. Men Valter och Berta har nog inte fått veta något. I alla fall har nog ingen berättat något för dem. Även om Lovisa kanske anat eller vetat en del så har hon säkert behållit det för sig själv.

Den gamla kvinnans blick var nu glasklar när hon spände ögonen i Monica. Som om hon sökte bekräftelse på att Lovisa kanske delat sina misstankar eller slutsatser med Monica.

Monica mötte hennes blick utan att blinka.

– Jag har pratat med Lovisa, sa hon. Jag var hos henne i somras och då berättade hon en del. Men jag måste säga att hon inte var helt säker hon heller. Det fanns frågetecken även hos henne.

Judit nickade.

– Trodde väl det, sa hon. Trodde väl det...

Så fortsatte samtalet en god stund innan det var dags för Monica att tacka för sig och återvända till sitt Larssons.

Det var en hel del som hon tog med sig från Judit i skogen.

Sjätte kapitlet

Arvid hade fått en plats på Norrsjöstrand, hemmet för de äldre som inte längre klarade av ett eget boende. Sakta återfick han krafterna och visade så gott som alltid upp ett leende ansikte då Monica tittade in till honom.

Det var som om det hade fallit en börda från hans axlar efter den där dagen då han öppnade sitt allra innersta för henne. Blicken var så mycket ljusare och stadigare då han såg in i Monicas ansikte. Den lite luriga glimten kunde förstås dyka upp ibland men då handlade det om något oskyldigt skämt från hans sida.

Det blev aldrig några långa stunder som de hade tillsammans. Arvid blev fort trött och Monica ville inte tära på hans krafter i onödan. Deras samtal handlade mest om det nuvarande, hur våren gjorde sitt intåg och vad som hände runt om i världen.

Det som han delat med henne då han låg i sjuksängen berördes som regel inte. Det fanns från hans sida tydligen inte mer att tillägga och då fick det vara så.

Monica visste att även Tage tog sig till Norrsjöstrand ibland för att prata bort en stund med Arvid. Vad deras samtal handlade om visste hon inte, men om ämnet kom på tal dem emellan förstod hon att Tage också undvek att tala om det som varit en gång för länge sedan. På något sätt kände hon sig tacksam för detta.

Trädgården började på nytt kräva hennes tid och krafter. Det fanns fortfarande en hel del ogjort där, men det fick ta sin tid. Hon hade bestämt sig för att aldrig låta Larssons bli en belastning, något som fordrade eller tvingade. Det skulle alltid vara hennes livs oas, den trygga tillflykten, den vilsamma tillvaron.

Men det fanns förstås andra ting som inte lämnade henne någon riktig ro. Även om sanningen om hennes ursprung kanske kommit betydligt närmare fanns fortfarande de ännu inte uträtade frågetecknen där.

Samtalet med Judit hade skapat både en större säkerhet och en djupare oro.

Valter Lagbergs besök hos den gamla hade överraskat henne. Även om hon borde ha kunnat ana att han grävde djupt omkring henne och vem hon egentligen var, så kunde hon inte förneka att det gjorde henne ännu mera vaksam när det gällde den mannen.

Den där gången i skogen hade satt djupare spår i henne än vad hon själv trodde. Hans lågande blick och påträngande sätt dök ibland upp i både vaket och sovande tillstånd. Oavsett hur det såg ut när det gällde ett eventuellt släktskap utgjorde han ett orosmoment i hennes tillvaro.

Judit hade berättat om hur uppjagad Valter hade varit när han besökt henne.

– Det fanns något i hans ögon som skrämde mig, hade hon sagt. Jag har väl aldrig haft något större förtroende för den mannen, men det jag såg då gjorde mig riktigt orolig. Jag funderade faktiskt på flera sätt att freda mig om han skulle ta till handgripligheter.

Den gamlas röst hade darrat.

– Som väl var blev det inte så farligt som jag befarade, hade hon fortsatt. Han lugnade nog ner sig lite grann, men blicken flackade mest hela tiden.

Den gamla hade strukit sig över ögonen precis som om hon försökte få bort minnesbilderna från det ovälkomna och överraskande besöket.

– Jag funderade en stund över varför han sökte upp mig. Men när han började prata om dig förstod jag förstås sammanhanget. Han hade väl sett oss tillsammans på julottan. Det var kanske fler än Valter Lagberg som började fundera när de såg oss fyra i kapellet. Ingen av oss tillhör väl dem som brukar besöka sammankomsterna där ...

Så hade hon låtit Monica få veta vilka frågor och funderingar som tydligen fanns hos Valter Lagberg.

Det hade handlat om att han själv blivit alltmer säker på att det fanns något väldigt bekant över Monica. Något som funnits där från hans barndom.

Det hade förmodligen dröjt ett bra tag innan barndomsminnena fallit på plats, men allteftersom de klarnat hade han insett likheten mellan Lilian och Monica.

– Jag fattar inte att jag inte såg det från allra första början, hade han sagt och fingrat nervöst på bordduken. Likheten är ju slående, eller hur?

Judit hade undvikit att bekräfta hans iakttagelser, men det hade nog inte haft någon som helst betydelse. Han hade varit säker på sin sak. Monica måste vara släkt med Lilian på något sätt. Det mest logiska måste vara att de var mor och dotter.

– Jag minns ju nu att Lilian blev rund om magen innan hon försvann från oss, hade han sagt och ett märkligt leende hade funnits där i hans ansikte. Då visste man väl inte så mycket om hur sådana saker gick till, men det har man ju lärt sig med åren...

Han hade helt plötsligt skrattat. Ett skärande och obehagligt skratt som hade fått Judit att känna kalla kårar efter ryggraden.

– Ja, han om någon borde väl veta, hade hon sagt till Monica och skakat på huvudet. Det finns väl ingen anledning att föra vidare de rykten som genom åren funnits omkring Valter Lagberg, men du anar nog att det inte är några direkt vackra saker som viskats mellan byborna och andra runtomkring. Allt kanske inte har varit sanning heller. Men med den egna frun har han ändå inte lyckats få några efterläggare så man kan ju fundera på hans förmåga...

Hon hade stannat upp i sin utläggning omkring Valter Lagberg och sett nästan lite skamsen ut.

Monica hade inte sagt något där och då. Men i hennes tankevärld hade plötsligt Unos syster fladdrat förbi. Kunde det finnas en sådan anledning till det frostiga förhållandet mellan Lagberg och familjen Lövgren på Lunda kanske? Tanken hade nog föresvävat henne redan då hon var på sitt första besök på gården, men nu tog den på något sätt fastare form.

Unos något knapphändiga information om sin syster hade gjort henne fundersam, men eftersom han var ganska sparsam med kommentarer omkring sin egen familj hade hon inte tänkt så mycket på orsakerna.

Nu ångrade hon nästan att hon inte försökt få veta lite mer, men den saken kunde ju rättas till.

Judit hade inte heller sagt något mer om Valter och hans eskapader. Hon hade bara låtit Monica förstå att hennes eget ursprung stötts och blötts i samtalet mellan Judit och Valter. Han hade pressat henne att avslöja vad hon visste utan att lyckas.

45

– Jag har nog min egen åsikt, hade den gamla sagt och det hade funnits ett märkligt ljus i hennes ögon. Jag vågar inte påstå att jag har rätt, men jag tror ändå att jag inte kan tänka mig något mer hållbart alternativ.

Hon hade sträckt fram sin skrynkliga hand och strukit Monica över kinden.

– Flicka lilla, hade hon sagt. Jag hoppas verkligen att du ska komma till ro med dina frågor.

Monica kunde fortfarande känna den värme och omtanke som låg bakom de enkla orden från den gamla kvinnan. Det kändes nästan som om det var en farmor som klappade hennes kind. Den farmor som hon saknat när hon var liten.

De värmande solstrålarna på hennes rygg, där hon låg på alla fyra för att gå hårt åt sådant som inte skulle finnas i rabatten, påminde henne om den där känslan som funnits i mötet med Judit. Mitt i allt det som hon fått höra från den gamla hade det hela tiden funnits ett stråk av värme och trygghet.

Att inte heller Valter hade haft någon tydlig bild av vad som verkligen hänt där på gården var både en lättnad och en besvikelse. Tänk om det ändå hade funnits någon som kunnat skingra dimmorna, som kunnat ge klara besked...

Nog hade det långa samtalet med Arvid hjälpt henne att komma närmare gåtans lösning, men trots det han viskat i hennes öra fanns det fortfarande en osäkerhet. Egentligen ville hon nog att hans slutsats skulle vara den mest rimliga, men ändå var den svår att helt acceptera. Hans tillstånd då han varit så öppen kunde mycket väl ha färgat hans önskan att ha det färdiga svaret. Hans oro för att kanske lämna henne i ovisshet kunde ha drivit fram något som funnits där i hans egen fantasi.

Hon drog sig till minnes Tages kommentarer om-
kring Arvid den första gången som de pratade om
honom. Den där dagen då hon nyligen haft besök
av den lite udda mannen och känt ett så starkt be-
hov av att lätta sitt eget hjärta hos Tage.
"... som om han inte kan släppa tanken på Lilians
öde. Som om han på något underligt sätt känner
sig delaktig i att det blev som det blev ... Han har
förmodligen lagt ihop och dragit ifrån efter eget hu-
vud och menat sig komma fram till något ..."
Orden hade fastnat hos henne. Hon hade funde-
rat över dem mer än en gång och nu var de där
igen.
"... känner sig delaktig ... lagt ihop och dragit
ifrån ..."
Till detta återkom en del av det som hon fått höra
från Judit.
"... han är nog ändå den som vet mer än någon
annan ... Det är bara frågan om vad han vet och
vad han tror, eller kanske till och med önskar sig
veta..."
Den gamla hade uppehållit sig en hel del omkring
Arvids roll i det skeende som intog den centrala
platsen i deras samtal. Monica hade anat att Judit
haft en del kontakt med Arvid genom åren även om
ingen av dem sagt något om det då de var tillsam-
mans på julafton. Blickarna dem emellan vid det till-
fället hade talat sitt tydliga språk.
Med en djup suck reste hon sig från sin hop-
krupna ställning och rätade försiktigt på ryggen. Det
kostade på att ägna sig åt trädgårdsskötsel.
Man får sannerligen inget gratis då man försöker
lägga band på naturens egna krafter, tänkte hon
och borstade bort jord och gammalt gräs från
knäna. Det kunde vara dags för en kopp kaffe och

några minuters vila innan hon satsade ytterligare någon timme åt den jordnära verksamheten.

Medan kaffet blev klart passade hon på att titta igenom posten som hon bara plockat med sig in när hon kom från arbetet föregående kväll. Ett par räkningar lade hon åt sidan direkt, men ett annat brev med handskriven adress gjorde henne lite extra nyfiken.

På plats med kaffet och några skorpor öppnade hon ivrigt brevet. Hon hade inte känt igen handstilen och undrade vem det kunde vara ifrån.

Det visade sig vara ett vackert kort med en inbjudan till födelsedagsfirande.

"Välkommen att tillsammans med oss fira Unos 50-årsdag!" stod det på kortet vilket var undertecknat av Sigrid och Albert Lövgren.

En blick på almanackan informerade henne om att det var ganska precis en månad tills festen skulle gå av stapeln, närmare bestämt den 24 maj. Enligt inbjudan skulle det bli middag på Västanå värdshus och senare skulle man samlas på Lunda för kaffe och tårta.

Så fick man då ändå veta hur gammal han är, tänkte Monica. Unos ålder blev inte direkt någon överraskning för henne. Åtminstone inte åt det negativa hållet. Lite skamsen kände hos sig när hon insåg att hon nog trott att han var något äldre.

Vilken tur att jag aldrig sagt något om hans ålder, tänkte hon. Och varför skulle jag ha gjort det...

Sjunde kapitlet

Solen verkade fast besluten att trotsa de moln som irrade omkring på himlen i ett försök att tillsammans väva ett hinder för dess strålar. Det här skulle inte bli någon gråvädersdag.

Monica satt på nytt på sin trappsten och gladde sig över att se hur det började spira och blomma i den trädgård som fortfarande krävde en hel del av hennes tid och möda för att bli vad den hade möjlighet att bli. De insatser som hon hitintills hunnit med sedan snön försvann kändes fortfarande som en droppe i havet.

Men hon ville ändå kosta på sig att njuta av det som fanns alldeles inpå henne.

Fågelkvittret från den angränsande skogen utgjorde en underhållning på hög nivå.

Det varma kaffet var en njutning tillsammans med bullarna som Tage haft med sig.

Mycket av inramningen talade om en paradisisk tillvaro, men den senaste tidens händelser var som de irrande molnen i hennes inre värld.

– Vad tänker du på?

Tages röst fick Monica att rycka till.

– Åh, sa hon. Det är knappt att jag vet det själv. Tankarna kommer och far precis som fåglarna här i trädgården. När man minst anar det dyker de upp och lika snabbt har de försvunnit igen.

– Det var poetiskt och vackert sagt, sa Tage. Men jag tror nog inte att det var hela sanningen.

49

– Kanske inte riktigt.

Hon mötte hans blick där han slagit sig ned i den nyligen framtagna trädgårdsstolen och kände ingen som helst anledning att hålla igen på leendet.

– Men varför förstöra en sådan här dag med en massa grubblerier omkring sådant som man ändå inte kan hitta svar på, fortsatte hon. Det är väl bättre att njuta av det som finns här och nu. Dina goda bullar till exempel. Tänk att du kom med både solsken och bullar, Tage!

– Bullarna har jag bakat, det ska jag inte förneka, skrattade Tage. Men solen har nog mer med dig än med mig att göra. Du är som solen i mitt liv, Monica lilla...

Monica fann inga ord att replikera med. De satt tystna och bara njöt av det som var deras lilla värld just den här stunden, den här dagen, just nu. Ett ögonblick av det liv, den tid, den omgivning, de förutsättningar som gavs på olika sätt och i olika omfattning till olika människor.

Människor som i grund och botten ändå var väldigt lika.

Monica reste sig med kaffemuggen i handen och gick sakta ut mot vägen.

Undrar när jag ska nå vägs ände, tänkte hon medan blicken följde vägen tills den försvann bakom närmaste krök. Undrar om jag någonsin ska hitta fram till svaret på mitt livs största fråga?

Samtidigt kände hon en tillförsikt som hon inte riktigt kunde förklara. Mitt i alla funderingar, mitt i den oro som personer i hennes omgivning skapade, mitt i allt det som var livet fanns det något som inte lämnade henne.

Inom henne tonade på nytt den lilla sångstrofen. "Blicka mot himlen opp".

Hon hörde Tages steg bakom sig och kände strax därefter hans hand på sin axel.

– Ja, sådant är livet, sa han och pekade med kaffekoppen bortefter vägen. Det är som en väg och vi har inte en möjlighet att stanna. Vi måste ständigt vidare och lämna det som varit bakom oss...

Monica strök över hans av arbete märkta hand som vilade tungt på hennes axel.

– Du har så rätt. Åtminstone på ett sätt. För det som varit kan vi inte förändra, men jag tror ändå att vi kan ha nytta av att veta vad som är sant. Det borde kunna hjälpa oss att fortsätta

– Så är vi där igen, suckade Tage.

– Men ändå inte på samma ställe som förut, sa Monica.

Hon lyfte blicken lite högre, upp över trädens toppar, och kände hur även hennes livs horisont hade vidgats genom det som hon fått vara med om under de dagar som nu låg bakom.

Med en vidgad horisont kände hon att det som hon funnit under ytan inte längre skulle begränsa hennes nu eller hennes framtid.

Även om hon fortfarande hade en del frågetecken att räta ut, men det fick ta sin tid...

Nu skulle hon se fram emot födelsedagsfesten som närmade sig med raska steg. Hon hade ännu inte kunnat bestämma sig för något att förära jubilaren. Kände hon honom rätt, och det inbillade hon sig att hon gjorde, så var han nog lika glad om presenterna uteblev.

När hon tackat ja till inbjudan hade han sett mycket nöjd och belåten ut, men han hade direkt låtit henne förstå att firandet inte var hans egen idé.

– Mamma och pappa kan bara inte tänka sig att låta min födelsedag passera utan att markera det på något sätt, hade han sagt. De sitter fortfarande ganska fast i det som varit. Att saker och ting ska fortsätta att vara som när de själva var i samma situation.

Monica hade nickat förstående men samtidigt låtit undslippa sig att det väl kunde vara trevligt med ett litet avbrott i det vanliga och vardagliga.

– De ordnar det väl för att de tycker om dig, hade hon sagt med ett leende.

– Jaa, joo, hade Uno sagt och sett lite skuldmedveten ut. Tro inte att jag är otacksam på något sätt, men vi har kanske lite olika uppfattning om vad som betyder något.

Den blick han gett henne hade talat sitt tydliga språk. Det var inte en fest med en massa människor som Uno allra mest såg fram emot. Det var nog mera en stund på tu man hand med Monica.

Så gick dagarna och det blev inte så många tillfällen för dem att talas vid. Var och en hade fullt upp med sitt.

Vad som rörde sig i Unos tankevärld visste hon förstås inte, men hon anande att hon hade en ganska betydande plats där. För egen del ägnade hon en och annan tanke åt mannen som sakta intog en plats i hennes allra innersta. Det som störde henne var att det hela tiden ville dyka upp en annan man när tankarna kretsade omkring en eventuell framtid där hon inte skulle behöva vara ensam längre.

Valter Lagberg lämnade henne ingen ro. Hon visste att hon måste fortsätta att söka efter det som definitivt skulle kunna förpassa honom till en plats någonstans långt ut i periferin.

Trots alla negativa upplevelser som hon kunde knyta till just den mannen fanns där samtidigt en oförklarlig attraktionskraft hos honom. Även om det bjöd henne emot var hon tvungen att hålla med dem som hävdade att det fanns något särskilt hos lagbergarna.

Frågan som ofta infann sig var hur mycket av detta speciella som även rann i hennes egna ådror. Hon ville inte tro att det fanns något alls, men mycket talade väl ändå för att så var fallet...

På väg hem från Kornlanda kände hon den här onsdagseftermiddagen en stark längtan att stanna till hos Tage. Det hade inte blivit så mycket mer sagt dem emellan då han senast hälsade på hemma hos henne. Den där stunden som de haft tillsammans hade ändå etsat sig fast i hennes inre. De hade återvänt till sina platser, han i stolen och hon på trappstenen, och fortsatt att bara vara tillsammans. Ingen av dem hade väl känt något större behov av att prata. Varken om det som varit eller det som skulle komma. De hade istället tagit vara på nuet.

Tage syntes inte till då hon svängde in på gården. När det var ett sådant väder som den här dagen brukade han tillbringa den mesta tiden av dagen utomhus, men så verkade det inte vara just idag.

Hon stängde av motorn, steg ur bilen och gick de få stegen fram till dörren.

Ingen svarade när hon knackade på. Hon väntade och knackade igen, den här gången lite hårdare, men allt var tyst och stilla.

Hon såg sig omkring innan hon tog tag i dörrhandtaget och tryckte ned det.

Dörren var olåst så antingen var Tage därinne eller borde han vara alldeles i närheten eftersom han inte låst dörren. Vad hon visste brukade han inte lämna det olåst om han for bort.

Monica tvekade en sekund. Det kändes konstigt att bara öppna dörren och kliva på. Kanske hade han lagt sig att vila och slumrat till...

Så bestämde hon sig och öppnade dörren samtidigt som hon ropade:

– Tage! Det är Monica! Är du där?

Hon fick inget svar, men tyckte sig höra något ljud inifrån huset. Det lät som om någon rörde sig därinne.

Kanske katten, tänkte hon innan hon resolut klev in genom farstun och sköt upp köksdörren. Hon tvärstannade på tröskeln med ett förskräckt utrop.

– Tage!!!

Han halvlåg över köksbordet. Från bordet hade det runnit något ned på golvet.

Monica tog in hela bilden i ett enda ögonblick och stod som paralyserad innan den första chocken lade sig och hon kunde agera.

– Tage! upprepade hon.

Hon var snabbt framme hos honom och kände på hans hals för att kunna konstatera att han hade puls.

– Tack gode Gud, flög det ur henne utan att hon direkt reflekterade över det för henne ovanliga sättet att uttrycka sig.

Snabbt var hon framme vid telefonen och ringde efter ambulans. När hon beskrivit ärendet fick hon några goda råd om vad hon kunde göra medan hon väntade på att ambulansen skulle komma.

Det blev en orolig och ångestfylld väntan innan hon hörde bilen svänga in på gården. Katten gjorde henne sällskap och visade med all tydlighet att den också påverkades av det som hade hänt.

Med ett ynkligt jamande strök den omkring dem båda och buffade med huvudet mot sin husse.

54

Monica bestämde sig för att följa efter ambulansen till sjukhuset i Boksjö. Hon måste försäkra sig om att Tage fick den hjälp han behövde.

Medan hon körde de dryga tre milen hann många tankar rusa genom hennes hjärna.

Oron för Tage överskuggade förstås allting annat, men samtidigt kunde hon inte låta bli att tänka på varför hon bestämt sig för att stanna till hos honom just den här dagen.

Finns det verkligen någon som bryr sig, funderade hon. Är det inte bara slumpen som avgör hur saker och ting blir?

Visst hade de här funderingarna blivit allt vanligare hos henne den senaste tiden, men ändå fanns det fortfarande ett motstånd inom henne mot uppfattningen att människan var speciell i skapelsen. Hon ville kunna förklara allting på ett mycket rationellt sätt.

Hon fick vänta ett bra tag innan någon hade tid och möjlighet att informera henne om hur det var ställt med Tage. Hon upplevde hur minuterna sniglade sig fram medan hon gjorde sitt bästa för att intala sig att allt skulle bli bra.

Inte kunde väl Tage lämna henne nu?

Först Arvid och nu Tage, mumlade hon för sig själv. Är det kanske mitt fel ...

Åttonde kapitlet

Det var en hel del gäster på Unos femtioårsfest. Monica förvånades över att han verkade ha en så stor umgängeskrets även om hon förstod att en del av gästerna bestod av kollegor bland köpmännen i Kornlanda. Det handlade nog inte om några riktigt nära relationer utom i ett fåtal fall. Men det var trevliga människor som visste att sätta värde på en omtyckt och respekterad urmakare.

Vid bordsplaceringen hade Monica fått en plats i närheten av jubilaren och hans närmaste familj. Uno hade kanske velat att hon skulle finnas vid hans sida, men för att inte sätta igång någon ryktesspridning blev det inte så. Hon hade ju själv börjat etablera sig bland de egna företagarna i staden så hon fann ingen anledning att ge sken av något som inte var fast förankrat i verkligheten.

Även om Uno av och till visade henne ett stort intresse så saknades fortfarande det där formella. Visst hade hon anat vart han nog ville komma, men något uttalat frieri hade det ju knappast handlat om. Själv hade hon väl också sina funderingar, men även från hennes sida saknades kanske det där sista steget.

Att hon fanns med på hans femtioårsfest var ändå inte något som någon annan behövde höja på ögonbrynen för. Det var väl känt bland de flesta av gästerna att hon bedrev sin verksamhet i lokaler som ägdes av urmakare Lövgren. Kanske fanns det ändå en och annan som funderade lite vidare omkring vilka relationer den propre och stillsamme urmakaren hade till sin vackra hyresgäst. Det var väl inte helt uteslutet att det fanns någon eller kanske några som själva inte skulle ha något emot att bli närmare bekanta med Uno Lövgren. Som gärna skulle inta platsen vid hans sida.

Det surrade av samtal runtomkring borden. Det mesta som avhandlades var nog av det mer triviala slaget. Lite tomt prat för att hålla igång någon form av konversation med de närmaste bordsgrannarna.

Monica kom på sig själv med att sitta i egna funderingar när hennes närmaste bordsgranne tydligen hade ställt en fråga till henne. En fråga som hon absolut inte uppfattat.

– Förlåt mig, sa hon och avfyrade ett av sina mest bedövande leenden mot mannen vid sin sida. Jag satt visst i egna tankar en stund …

Mannen återgäldade leendet och försäkrade att det inte gjorde något alls.

– Jag undrade bara hur det går med den nyetablerade verksamheten, sa han. Vi är faktiskt lite i samma bransch, skulle man kanske kunna säga. Fast jag ägnar mig mera åt de ord- och skogsägande.

– Då har jag kanske varit inne på ditt område, flög det ur Monica innan hon hann tänka ut något lämpligt svar på mannens fråga.

Hon ångrade sig direkt, men sagt var sagt och kunde inte återkallas.

– Såå, det låter höra sig. Ja, konkurrensen är ju fri så jag har inget att invända direkt. Jag skulle kanske presentera mig lite bättre. Ragnar Skog heter jag. Är uppvuxen inte så långt från Lunda så jag känner familjen Lövgren sedan barnsben kan man väl påstå. Uno och jag gick i samma skola även om han är några år äldre än jag.

Det glittrade i de blå ögonen som mötte hennes blick när hon såg in i hans ansikte. Ett okynnigt leende lurade någonstans långt därinne.

– Monica Björkengren, sa hon och bestämde sig för att inte bjuda på ännu ett leende. Utan att ha någon som helst fog för det fick hon en känsla av att det var lika bra att vara lite på sin vakt. Ett annat par ögon blixtrade förbi för hennes inre blick. Ögon som både skrämde och lockade...

– Tack, men jag känner redan till ditt namn, sa Ragnar och fixerade henne med blicken. I en stad som den här kan man inte vara anonym speciellt länge om man startar en firma som riktar sig mot företagare. Jag hoppas att firman går bra.

Monica slappnade av. Hon intalade sig att hon inte hade något att frukta från denne Ragnar Skog. Hon måste lära sig att inte ana en fara i varje nytt möte med män i sin egen ålder.

– Jodå, sa hon. Det har gått över förväntan bra. Jag trodde nog inte att det skulle gå så snabbt att komma igång på en ny ort, men jag har inget emot att jag hade fel på den punkten.

Hon skrattade och Ragnar skrattade med tillsammans med dem som satt i deras närhet och inte hade kunnat undgå att höra vad de pratade om.

Följden blev ett resonemang där flera deltog och Monica kände hur lugnet och säkerheten vände tillbaka till henne.

Hon fick tillfälle att lära känna ett par affärsidkare och ett äkta par som drev en framgångsrik industri strax utanför Kornlanda. Det kändes skönt att inte behöva vara i centrum för uppmärksamheten. Av någon anledning kände hon att det ofta blev fallet där hon befann sig, men nu var det inte bara henne det handlade om.

Snart började talen till jubilaren och Monica fick veta en hel del om Uno som hon inte hade kunnat tänka sig. Det påstods i alla fall att det bakom den stillsamma och polerade ytan fanns andra sidor hos den nyblivne femtioåringen.

Ett par ungdomskamrater berättade ganska vilda historier från uppväxttiden. Även om Uno slog ifrån sig och menade att de överdrev fanns det nog en sanning i botten i alla fall, tänkte Monica och kände en tilltagande värme när hon lyssnade. Hon skulle inte ha något emot att se lite mer av den Uno som tydligen funnits där en gång för många år sedan. Det återstod att se hur man kunde locka fram honom igen.

– Så du har bosatt dig därute i Dörja, sa Ragnar i en paus mellan talen. Hur kom det sig att du hittade dit från storstan. Om jag inte hört fel så kommer du väl från Göteborg?

– Det stämmer. Det var där jag startade min firma en gång i tiden.

Monica dröjde lite med fortsättningen. Hon ville vara säker på att hon inte sa mer än vad som var nödvändigt.

– Jag hade nog tänkt bli kvar där, sa hon sedan, men av olika anledningar blev det inte så. Jag hittade stugan i utkanten av Dörja och blev så fäst vid den att jag bestämde mig för att flytta hit för gott.

– Jaja, så kan det gå när inte haspen är på, skrattade Ragnar. Ibland undrar man om man kanske är lite för försiktig när man bara trampar på i samma hjulspår år efter år...

– Skulle du vilja ha en förändring kanske?

Monica såg lite forskande på honom.

– Nja, jag vet inte. Kanske. Kanske inte. Jag trivs med min firma och mitt arbete, men ibland blir det lite enahanda. Lite ensam kan man känna sig ibland också...

Han suckade lite och sökte på nytt hennes blick på ett sådant sätt som hon inte var så trakterad av. Det var som om han glömde att de inte var ensamma vid bordet.

Monica kände det som en befrielse när det blev dags att bryta upp från middagen. Uno hade ordnat buss ut till Lunda och lovat att samtliga gäster som så önskade skulle få skjuts hem igen efter den planerade samvaron på gården.

I bussen hamnade Monica på nytt i sällskap med Ragnar Skog. Utan att tänka sig för hade hon satt sig på en ledig plats vid fönstret och Ragnar hade inte varit sen att lägga beslag på platsen bredvid.

Under den korta färden ut till gården blev det ändå inte mycket sagt. Ragnar hann ändå förtydliga för henne att den ensamhet han pratat om inte hade med arbetet att göra.

– Som gammal ungkarl märker man av ensamheten lite mer när man kommer en bit upp i åren, sa han. Så länge man är ung tänker man nog inte så mycket på det ...

Monica hade undvikit att svara. Hon ville absolut inte skriva honom på näsan att hon hade samma erfarenhet. Det kunde mycket väl misstolkas från hans sida och det skulle hon inte utsätta sig för.

Sigrid hade hyrt in ett par yngre kvinnor som skötte serveringen. Vädret var det bästa man kunde önska sig så man kunde planenligt samlas på hörännet. Det blev en rejäl kontrast mot den magnifika miljön på Västanå värdshus, men gästerna tycktes överlag uppskatta det. Det gav en sådan genuin lantlig prägel åt hela firandet.

Några lokala musiker hade engagerats och Monica förvånades på nytt över de nya sidor som familjen Lövgren visade prov på. Aldrg hade hon kunnat drömma om att få vara med om något sådant här tillsammans med urmakare Uno Lövgren. Hon kände på nytt den där tilltagande värmen i sitt inre när hon lite i smyg betraktade dagens huvudperson där han satt bland ungdomskamraterna.

– Och du är förstås Monica, sa en röst alldeles intill henne och när hon vände på huvudet såg hon in i ett ansikte som var mycket likt Unos. Skillnaden var bara ett lockigt hårsvall och mycket röda läppar.

– Jaa.

– Ja, vi har ju inte träffats förut, sa kvinnan och log ett lite tveksamt leende. Men du vet säkert att Uno har en syster som inte bor precis här i närområdet.

– Elisabet? Visst är det så?

– Ja, det stämmer gott. Där borta sitter min son Jonny. Hon pekade. Vi är inte hemma här på Lunda så ofta. Det har blivit mer och mer sällan. Jag har ju mitt arbete och Jonny håller på att skaffa sitt eget. Han har klarat sig bra så här långt.

Det var tyst en stund mellan de båda kvinnorna. Monica kunde inte undgå att lägga märke till ett drag av bitterhet över den andras ansikte.

– Du undrar kanske, fortsatte Elisabet, var jag har min man, men jag ska säga som det är. Det har aldrig funnits någon man i mitt liv på det sättet. Det har bara varit jag och Jonny. Ska jag vara riktigt ärlig så var han ett misstag, men ändå inte något som jag ångrat...

Hon snyftade till och Monica förstod att Unos syster tydligen blivit både lite för öppenhjärtlig och lite sentimental på grund av det goda vinet som serverats till maten. Själv kände hon också att det blivit i mesta laget, men tänka klart kunde hon ändå fortfarande. Vad hon minst av allt önskade var att utnyttja tillfället för att få veta lite mer omkring Elisabet.

Hon såg sig omkring för att se om hon kunde hitta en naturlig anledning att inte fortsätta samtalet med Elisabet. Hon skulle gärna sitta ned och prata, men då skulle det vara under andra omständigheter än vad som gällde en dag som den här. Hon var i alla fall glad över att Ragnar Skog verkade ha hittat någon annan att ägna sitt intresse åt.

– De har pratat en del om dig, fortsatte plötsligt Elisabet. Både mamma och Uno. Ja, pappa också för den delen. De... de tycker bra om dig har jag förstått. Du... du...

Orden stakade sig för den andra kvinnan och hon tog sig över ögonen med baksidan av handen.

Monica kände sig alltmer obekväm i den situation hon hamnat.

– Roligt att höra, sa hon och försökte låta neutral på rösten. Vi har ju en del med varandra att göra eftersom jag hyr mitt kontor av Uno.

Elisabet nickade och snörvlade till lite grann.

– Ja, och så har du ju varit här på besök också, sa hon och en antydan till ett litet leende skymtade i hennes ögon. Du... du firade visst nyår tillsammans med dem...

– Ja, det var snällt av dem. Så slapp jag ju sitta ensam när det nya året började.

Elisabet sa inget men blicken hon gav henne avslöjade att hon gärna skulle vilja veta lite mer om relationen mellan Monica och hennes egen familj. Kanske främst när det gällde hennes bror.

Vi är lite nyfikna båda två, tänkte Monica, men ingen av oss har mod att gå direkt på saken och ställa de där frågorna som vi så gärna vill ha svar på. Jag får väl ge mig till tåls. Det måste komma ett bättre tillfälle än det här att forska lite djupare omkring Elisabet Lövgren och hennes historia.

Elisabets funderingar tänkte hon inte gå djupare in på. Det fick väl Uno ta hand om. Om han nu visste vad han skulle säga...

Nionde kapitlet

Monica planerade att ta ledigt större delen av den här tisdagen i början av juni. Orsaken gladde henne. Hon skulle hämta Tage och följa med honom på återbesök hos läkaren.

Tage hade återhämtat sig ganska snabbt efter sitt insjuknande och nu haft ett tillfälligt boende på Norrsjöstrand i några veckor. Monica hade stannat till några gånger för att titta till både honom och Arvid, men nu var det tänkt att Tage skulle kunna flytta hem igen. Allt hängde förmodligen på läkarens utlåtande, men både Tage och Monica var mycket hoppfulla.

Just som hon reste sig för att lämna kontoret öppnades dörren och Ragnar Skog steg över tröskeln. Monica kunde inte hjälpa att hon hajade till en aning inför det oväntade besöket.

– God dag, god dag, hälsade Ragnar och räckte fram handen. Jag hade vägen förbi och fick för mig att jag skulle titta in för att se hur du har det. Hoppas jag inte stör...

De blå ögon glittrade så där okynnigt som hon mindes dem från Unos fest. Monica valde att inte titta besökaren i ögonen.

– Hej, sa hon. Ska jag vara riktigt ärlig så är jag faktiskt på väg härifrån. Jag har ett ärende i eftermiddag så jag har en tid att passa.

– Åh, på så vis. Ja, men då ska jag inte uppehålla dig. Jag tog en chansning, men det var kanske inte helt lyckat den här gången. Hur som helst så måste jag säga att du har ett trivsamt kontor. Det är så man nästan blir lite avundsjuk. Ett sådant här centralt läge måste kännas bra på alla sätt. Och en verkligt bra hyresvärd därtill...

Han blinkade med ena ögat.

– Jag är jättenöjd, svarade Monica. Hade jag inte varit uppbokad skulle jag gärna suttit ner en stund och pratat, men tyvärr måste jag nog iväg så snart som möjligt.

– Jag förstår. Jag förstår, sa Ragnar. Ärligt talat var det inte bara kontoret jag var intresserad av. Jag ville gärna träffa dig igen. Jag fick för mig att vi skulle kunna ha en hel del gemensamt. Kanske skulle vi kunna samarbeta omkring vissa uppdrag. Ja, du behöver inte svara på direkten. Hoppas allt går bra i eftermiddag, vad det nu är som du ska ägna dig åt, så kan vi kanske höras av om några dagar. Här har du mitt kort om du skulle kunna tänka dig att slå en signal...

Han log och la ner visitkortet på hennes skrivbord samtidigt som hans blick borrade sig lite för djupt in i hennes.

Monica nickade svagt.

– Tack, sa hon. Jag ska tänka på saken...

Ragnar försvann ut genom dörren och Monica drog en suck av lättnad. Strax därefter satt hon i bilen på väg mot Norrsjöstrand.

Hon tryckte in en kassett med klassisk musik för att försöka skingra tankarna och inte bli upptagen av det som just hade hänt. Nu ville hon inte bli indragen i något nytt och omtumlande. Nu ville hon ägna hela sitt intresse åt Tage och hans tillfrisknande. Hon kände något av en dotters ansvar för honom.

Tage stod färdigklädd då hon svängde in framför entrén till Norrsjöstrand. Han vinkade och log när hon steg ur bilen för att hjälpa honom på plats. Stelheten i kroppen hade inte blivit bättre efter sjukhusvistelsen, men humöret verkade det inte vara något större fel på. Ett visst problem med talet hade ändå blivit följden av det inträffade.

– Mo... onica, sa han då de båda satt bältade i bilen. Va... vad bra att... att du ku... kunde ko... komma... Ta.. tack för att du... du hjäl... per mig.

Monica log mot honom och strök honom över kinden.

– Jag är glad om jag kan göra något för dig, sa hon. Jag hoppas verkligen att du kan få flytta hem till ditt eget igen. För det är väl det som du vill?

Tage nickade och det rann ett par tårar nedför hans kinder.

Monica bytte musikkassett och från högtalarna strömmade nu den musik som hon förärats av pastorsparet. Namnet på sångaren var bekant även för henne. Den sjungande pastorn Arthur Eriksson var känd långt utanför de frikyrkliga kretsarna. Han sjöng på ett mjukt och mycket välljudande sätt, det måste hon erkänna. Kassetten hade blivit liggande i bilen utan att hon spelat den, men nu kändes den som det naturliga valet.

Hon sneglade lite mot Tage och kunde se hur han satt med slutna ögon och lyssnade till sångerna. Själv kände hon en viss kluvenhet inför innehållet men bestämde sig för att försöka lyssna utan förutfattade meningar.

Det var ju ändå en sångstrof med tydlig religiös prägel som kommit att bli hennes på ett alldeles speciellt sätt. De där enkla orden som hjälpt henne mer än en gång.

Besöket hos doktorn tog sin tid. Monica fick vänta en bra stund och passade på att köpa en kopp kaffe och ett frasigt wienerbröd. Hon brukade inte låta sig frestas av dessa sötsaker, men just den här dagen kände hon ett behov av att tänja lite på gränserna.

Trots att hon försökte freda sitt inre kunde hon inte låta bli att tänka på mötet med Ragnar Skog. Hon ville helst inte ägna honom några tankar just för tillfället, men när hon nu bara satt här och inte kunde göra något annat var det svårt att inte låta tankarna fara.

Hon insåg att det inte bara var av affärsmässiga skäl som han kommit på besök. Hade det handlat om lite mer seriösa funderingar omkring ett samarbete borde han ha ringt upp henne först. Så mycket affärsman var han utan tvekan. Men nu handlade det i första hand om något helt annat.

Även om han gett upp sina små försök på Unos fest så förstod hon att han inte hade slagit henne ur hågen. Det fanns helt klart en allvarligt menad ambition att bli närmare bekant med henne som kvinna.

Hon suckade lite där hon satt och plockade de sista flagorna av wienerbrödet från fatet och in i munnen. Visst var det bra för självförtroendet att bli uppmärksammad och efterfrågad, men att vara något av ett objekt på äktenskapsmarknaden var inte hennes hetaste önskan.

Hon hade redan tillräckligt att fundera över och ville fatta sina beslut i lugn och ro. Hon ville absolut inte rada upp en massa olika alternativ och väga för- och nackdelar med de olika möjligheterna.

Uno, tänkte hon. Vad vill han egentligen? Vad kan han ha sagt till sin syster? Vad kan han ha dryftat med sina föräldrar? Hur går hans egna tankar allteftersom åren går? Han har ju levt ensam och självständigt under en lång följd av år. Kan han tänka sig att verkligen dela allt med en annan människa? Vad är de där lite tafatta ömhetsbevisen egentligen uttryck för?

Hur är mina egna känslor för honom innerst inne, funderade hon vidare. Har jag också låtit tiden dra iväg så att jag inte längre kan ge mig helt åt någon annan?

Det blev en lättnad för Monica när Tage dök upp i väntrummet. Ljuset i hans ögon talade sitt tydliga språk.

– Så då ska du få komma hem igen, sa Monica. Ska vi åka direkt dit eller ska du till Norrsjöstrand först.

– He...hem, sa Tage med ett brett leende. Hem först och... och sedan Norr... norr... norrsjö...

– Jag förstår. Då åker vi!

Vägen hem var det tyst i bilen. Tage utstrålade en sådan lycka så Monica fann ingen anledning att försöka fylla tystnaden med vare sig prat eller musik. Radion fick vila. Kassettspelaren fick vara tyst och själv nöjde hon sig med att gnola inombords.

"Blicka mot himlen opp."

Hon hade återvänt så många gånger till sången i sin helhet att hon nu kunde även fortsättningen, men av någon anledning kände hon inte för att låta den finnas med. För henne räckte det så bra med bara de där enkla orden som fastnat så djupt från allra första början.

När bilen stannade vid Tages hus och han öppnade bildörren hördes ett jamande och fram ur buskarna skuttade hans katt. Tage hann bara få ut ena benet innan katten var där och buffade mot honom med ett ljudligt spinnande. Återseendets glädje var inte att ta fel på.

– Ku... kurre, mumlade Tage och sträckte ned handen för att stryka över den mjuka kattryggen. Hu... hur har du ha...haft det?

– Det ser ut som om han klarat sig riktigt bra, log Monica samtidigt som hon räckte handen åt Tage för att hjälpa honom ur bilen. Katter påstås ju ha nio liv och den här verkar knappast ha hunnit avverka det första ens...

Tage skakade bara på huvudet åt hennes raljerande. Hade han inte fortfarande haft så svårt för att uttrycka sig hade hon nog fått svar på tal.

Monica hade tagit hand om nyckeln till Tages hus medan han var borta och nu låste hon upp för honom och hjälpte honom att vädra ur den lite unkna luften som slog emot dem när de steg in i huset.

– He... hemma, sa Tage och strök över bordduken. Så... så skö...skönt att... att vara hemma.

Monica tänkte att hon kanske inbillade sig, men nog verkade det som om talet redan flöt lite bättre för Tage. Att komma hem betydde nog väldigt mycket för hans fortsatta tillfrisknande.

Tillbaka på Norrsjöstrand blev det bestämt att han skulle stanna en natt till på boendet och sedan skulle han flytta hem på riktigt. Monica lovade att ta hand om allt det praktiska.

– Men... men du... du måste... måste väl ar... arbeta, sa Tage med en bekymrad rynka i pannan.

– Inte just nu, svarade Monica. Jag har arbetat så mycket den sista tiden att jag mycket väl kan bevilja mig en extra ledig dag. Kanske till och med två eller resten av veckan.

Hon skrattade och lämnade honom med ett löfte att återkomma nästa dag.

Tage log.

Ett lyckligt leende.

Det leendet tog hon med sig medan hon på lätta fötter sprang ut till bilen. Nu måste hon skynda sig om hon skulle hinna till Bertas affär innan stängningsdags.

Tionde kapitlet

När Monica svängde in vid Tages hus dagen därpå stod det två cyklar i trädgården och dörren stod på vid gavel. Tage gjorde stora ögon när han närmade sig dörren. Han drog in så mycket luft han kunde innan han utbrast:

– Ny... ny... ba... ba... kat!

Monica skrattade åt hans förvånade min när de tillsammans steg över tröskeln och kom in i köket. Där stod Eva Fridh vid spisen och höll just på att ta ut den sista plåten med nygräddade bullar. Peter plockade fram kaffekoppar och dukade köksbordet där en stor bukett med blommor stod i en vas.

– Välkommen hem Tage!

Det gick inte att ta miste på värmen både orden och kramen som Eva gav den helt förstummade gamle mannen. Peters handslag var fast och övertygande. Det här var inte bara en formsak för dem. Det här var något som bottnade djupt i deras hjärtan.

Monica tackade sin lyckliga stjärna att hon kommit på den här idén även om det nog hade varit i senaste laget att ringa till pastorsparet när den dök upp. Hon hade just bestämt sig för att gå till sängs när tanken slagit henne.

En välkomstkommitté, hade hon tänkt. Vem skulle det kunna vara om inte Eva och Peter, de båda som nog stod allra högst i kurs hos Tage. Om hon inte räknade in sig själv förstås. Utan att behöva skryta visste hon ändå med sig att hon hade en stor plats i Tages varma och rymliga hjärta.

Det blev en uppsluppen stund runt Tages köksbord. Alla njöt av kaffekalaset även om Eva måste erkänna att hennes bullar inte höll riktigt samma klass som Tages.

– Men du kommer väl snart igång med bakandet igen, sa hon och klappade Tage på armen.

Han nickade och log.

– Ta det nu lugnt, förmanade både Peter och Monica med en mun när de lämnade Tage ett par timmar senare.

Då hade de sett till att allting var ordnat på bästa tänkbara sätt när det gällde det mest livsviktiga.

– Ja... jag är väl in... inte he... helt bakom flö... bakom flötet, svarade han med en illmarig glimt i ögonvrån. Men ta... tack fö... för allt.

Han stod kvar i dörröppningen och vinkade åt dem när de for iväg.

Krutgubbe, tänkte Monica. Du måste leva länge, länge än. Jag behöver dig...

Hemma igen bestämde hon sig för att ta en rejäl skogspromenad. Det var ett bra tag sedan hon ägnat sig åt den typen av aktivitet. Hon hade, trots att det gått så lång tid sedan den obehagliga upplevelsen i skogen, känt ett visst motstånd mot att promenera ensam. Men nu var det ju sommar och långa, ljusa kvällar. Hon måste komma över den där tröskeln och inte låta en enstaka händelse begränsa hennes frihet.

Det fanns knappast ett bättre sätt att rensa tankarna än en vandring i skogen. Att vara omgiven av de mäktiga stammarna och få ta steg efter steg på den mjukt barrfyllda stigen, lyssnande till ljuden från

72

fåglar och andra flygfän och med djupa andetag fylla lungorna med den alldeles speciella skogsluften gav en rymd för själen som ingen annan miljö i världen kunde ersätta.

Det var precis från en sådan upplevelse som hon blivit så brutalt väckt den där gången då Valter Lagberg plötsligt dök upp som från tomma intet.

När hon nu kommit en bit på sin väg genom skogen kom hon på sig själv med att inte helt kunna slappna av och bara hänge sig åt den njutning som hon kommit att sätta så stort värde på. Någonstans därinne fanns en liten oro som tvingade henne att ha lite extra kontroll på den närmaste omgivningen. Hon kunde bara inte värja sig mot känslan av att kanske vara iakttagen.

Hon stannade till och stod alldeles stilla medan hon såg sig omkring åt alla håll. Vart hon än vände blicken såg hon bara skog, skog och åter skog. Så lyfte hon blicken och såg upp genom de mäktiga trädens grenverk där hon kunde skymta en nästan molnfri himmel.

Nej, nu får du skärpa dig, sa hon till sig själv. Här finns inget att vara rädd för...

Så fortsatte hon med raska steg på den stig som hon visste skulle mynna ut på landsvägen en bit före Kungsfors. Det skulle bli en ganska rejäl runda om hon sedan följde vägen hem igen.

Gnolande på en sång som tydligen fastnat från kassetten med Artur Eriksson kände hon hur lugnet och friden fyllde hela hennes varelse.

Tack gode Gud att Tage är hemma igen, tänkte hon. Vilken tur att jag fick för mig att titta in till honom den där eftermiddagen. Vem vet hur det hade slutat annars...

Hon ville inte fortsätta den tanken.

Nu ville hon bara tänka ljusa och positiva tankar. Nu ville hon se framåt.

På vägen hem blev hon omkörd av ett flertal bilar. En och annan mötte hon också. Det var betydligt mer trafik på vägen än vad den unge mäklaren antytt den där gången då han först varit angelägen att sälja in stugan hos henne. Att det sedan blivit annat ljud i skällan kunde hon fortfarande påminna sig om ibland och fundera över, men långsamt sjönk de lite märkliga turerna omkring husköpet allt djupare ned i minnets gömmor. En dag skulle hon väl inte komma ihåg dem alls. Det var i alla fall vad hon önskade.

När hon var nästan hemma var det en bil som signalerade bakom henne. Hon hann precis vända sig om innan den passerade och hon såg hur föraren vinkade åt henne för att sedan sakta in och stanna.

– Ursäkta, men vill du kanske ha lift?

Det var Ragnar Skog som stack ut huvudet och log mot henne.

Hon skakade på huvudet.

– Tack, men jag är faktiskt nästan hemma, sa hon och pekade framåt där man kunde skymta delar av Larssons.

– Åhå, på det viset. Ja, jag visste ju inte exakt var du bor. Så det är ditt ställe som ligger där framme?

– Precis! Där bor jag, men tack för vänligheten även om jag nog tackat nej i vilket fall som helst.

Ragnar höjde lite förvånat eller kanske förnärmat på ögonbrynen.

– Sparsmakad? sa han med en röst som avslöjade att han inte var så nöjd med hennes kommentar. Ja, det är kanske klokt att inte lifta med vem som helst...

– Förlåt, men det var inte så jag menade. Jag tänkte mera på att jag faktiskt är ute för att få frisk luft och motion och då ska man ju inte sitta i en bil, eller hur?

Det lite besvikna uttrycket i Ragnars ansikte försvann och han var åter ett enda stort leende.

– Ja, det borde jag kanske ha begripit, sa han. Det var väl bara ett idiotiskt infall från min sida att stanna och erbjuda skjuts. Hoppas du inte tog illa upp...

Monica log och kunde inom sig konstatera att han var en ganska tilltalande och trevlig person om man skulle göra en bedömning. Hon kunde inte förneka att både hans sätt och hans utseende hade en viss inverkan på henne.

– Du behöver inte oroa dig, sa hon. Det krävs nog lite mer än så för att jag ska ta illa upp. Tack för omtanken och ha en fortsatt bra dag!

– Detsamma! Och förresten, har du hunnit fundera något över mitt förslag?

Hon skakade på huvudet.

– Tyvärr inte. Jag har haft annat att göra. Jag har faktiskt hjälpt en väldigt god vän till mig att flytta hem igen. Han blev sjuk för några veckor sedan, men nu är han så återställd att han kan bo hemma igen.

– Så bra!

Monica hade börjat gå igen och Ragnar rullade sakta vid sidan om henne. Det var som om han inte ville släppa kontakten med henne. Som om det fanns något mer som han ville ha sagt, men som han hade lite svårt att komma fram med.

En skarp signal bakom dem fick honom att hastigt gira in mot vägkanten för att kunna släppa fram den bakomvarande bilen. Trots att omkörningen gick fort undgick det inte Monica att det var Valter Lagberg som satt bakom ratten.

– Ojdå, det där var nära ögat, undslapp det Ragnar när dammet efter den andra bilen sakta lade sig. Han kunde väl ha lugnat sig lite...

– Valter Lagberg har nog alltid bråttom, sa Monica och blinkade lite för att bli av med dammet i ögonen.

– Jaså, det var han? Ja, den mannen tar nog ingen större hänsyn till andra, mumlade Ragnar.

– Känner du Valter?

– Ja, det måste jag nog säga att jag gör. Men jag vill inte direkt påstå att vi är goda vänner. Vi träffas någon gång ibland i affärssammanhang annars har vi nog inte så särskilt mycket gemensamt. Jag skulle nog kunna säga att vi är mycket olika varandra. Sen är jag ju inte religiöst lagd, men den religion som Valter står för tror jag att jag klarar mig utan...

Han bet sig i läppen som om han kände att han kanske sagt något onödigt.

Monica brydde sig inte om att fortsätta på ämnet Lagberg utan nickade mot Ragnar och förklarade att det kanske var lika bra att hon skyndade sig hem innan det dök upp fler fartdårar på vägen.

– Klokt resonerat, sa Ragnar. Hoppas vi ses snart igen och att du tar dig lite tid att tänka...

Han avslutade inte meningen utan vevade upp rutan och körde iväg i sakta mak för att inte öka på dammolnet i det torra och soliga vädret.

Monica skyndade den sista biten hem och fortsatte nästan direkt in i duschen.

Medan det varma vattnet strilade över henne fortsatte hon att fundera omkring det som den här dagen inneburit för henne.

Så mycket det kan rymmas inom några timmar, tänkte hon. Så omväxlande en dag i en människas liv kan vara. Så spännande det ändå är att ha fått ett liv att leva...

Elfte kapitlet

Det närmade sig tidpunkten för den årliga sammandragningen i Lagbergs trädgård och Monica hade även den här gången fått en inbjudan. Hon kände en stor tveksamhet om hon skulle delta eller inte, men hade inte något tungt vägande skäl till att tacka nej.

Men en liten fundering hade hon och kanske skulle resultatet av den ge henne en anledning att antingen tacka ja eller nej.

När hon var på ett av sina återkommande besök i Berta Ohlssons affär passade hon på att framföra ett önskemål. Det var när Berta själv förde sommarfesten på tal och undrade om de fick se Monica som gäst även det här året.

– Den ligger ju lite senare än vanligt i år, sa Berta. Men det har sina randiga och rutiga skäl.

– Jag tackar för inbjudan, sa Monica, men jag undrar om det är möjligt att ta med sig någon mer till festen? Någon som skulle komma i sällskap med mig, menar jag...

Berta höjde lite på ögonbrynen för att sedan rynka pannan och därefter avsluta hela mimiken med att knipa ihop läpparna och se ut som en gammaldags skolfröken.

– Aha, sa hon. Finns det kanske någon speciell vän som du gärna vill ha med?

– Ja, det kan man nog säga, nickade Monica. Vill du kanske veta vem det är innan du ger ditt svar?

– Nja, det ska väl inte vara nödvändigt, sa Berta och skakade på huvudet, men visst blir jag nyfiken. Det förstår du säkert. Men som jag sa förra året så brukar det ju alltid dyka upp någon ny bland gästerna från år till år. Precis som det brukar falla ifrån någon. Ja, missförstå mig inte nu. Det behöver ju inte handla om dödsfall för att någon ska utebli.

Hon såg en aning förvirrad ut medan hon tydligen försökte reda ut vad hon själv hade försökt säga.

Monica skrattade.

– Jag förstår. Men då skulle det kanske gå bra om vi blir två?

– Visst, visst! Du är så välkommen och även den som du tänker ha med dig…

Att Berta gärna skulle ha velat ha besked om vem det var kunde tydligt utläsas i hennes ansiktsuttryck, men hon lade ändå band på sig och frågade inte.

– Tack, då kommer vi!

På vägen hem satt Monica och småskrattade lite åt samtalet med Berta. Hon visste inte själv varför hon inte talat om vem hon skulle vilja ha med sig. Fast det var kanske klokast att inte avslöja det eftersom hon inte tillfrågat personen ifråga än.

Vad gör jag om det inte går i lås, funderade hon medan hon bar in kassarna med varor som hon inhandlat. Jag hoppas att Berta behåller vårt samtal för sig själv, men det kan man förstås inte vara så säker på. Om jag måste gå ensam behöver jag verkligen en bra förklaring…

Kvällen var varm och skön så hon bestämde sig för att ta cykeln för att titta till Tage. Det hade blivit lite av en vana för henne att trampa den inte alltför långa sträckan till Tage Perssons stuga och se att allt var bra med honom. Det blev inte några långa visiter, men han såg alltid lika glad och nöjd ut när hon knackade på.

– Hä...här ko... komm... kommer min lilla fli... flicka, brukade han säga och ge henne en riktig kram.

Det kändes lika varmt och skönt långt därinne varje gång hon hörde de orden från honom. Hon fick riktigt anstränga sig för att inte säga "pappa" som svar på hans välkomnande.

Men så mycket var hon ju ändå helt säker på. Tage var inte hennes pappa. Hur mycket hon än skulle ha önskat att det varit på det sättet.

Han satt på sin älsklingsplats, där han hade bra utsikt mot vägen, när hon klev av cykeln för att ta den sista biten av backen gående. Det hade också blivit en vana även om hon kanske skulle ha klarat att cykla hela vägen upp. Det var också lättare att vinka till Tage när hon inte behövde hålla i styret med båda händerna.

På långt håll kunde hon se hur han lyste upp då hon närmade sig och hon kom ihåg första gången som hon stannat till utanför hans hus för att pusta lite. Han hade vinkat till henne den gången fast de inte hade en aning om varandra eller att de kunde ha något gemensamt.

– Vilken sommar, sa Monica när hon slog sig ner i stolen bredvid Tage. Det är knappt så man tror att det är sant.

Tage småskrattade.

– Pre... precis so... som när ma... man var u...ung. Jag... jag mi... minns min barn... barn... barndoms som... rar.

Han såg verkligen lycklig ut.

– Jag också. Vi hade många vackra somrar i Göteborg även om västkusten nog är lite regnigare.

Kanske är det så att man bäst minns de där varma och soliga dagarna, eller vad tror du?

– Säkert!

Monica gladdes för varje gång som hon hörde Tage säga något utan att staka sig och behöva ta om. Hon noterade varje litet framsteg som stärkte henne i förhoppningen att hon skulle få fortsätta gemenskapen med honom länge än.

Det blev inte så mycket sagt mellan dem vid varje besök som hon gjorde, men att bara få sitta tillsammans en stund var betydelsefullt. Monica undvek att själv prata för mycket för att inte tvinga Tage att anstränga sig i onödan. Samtidigt var det kanske bra för honom att få träna sin talförmåga. Ibland var det inte helt lätt att veta var den rätta balansen låg.

Hon tittade på honom lite från sidan och kunde konstatera att han åldrats den senaste tiden. Sjukdomen hade satt sina spår, den saken var klar.

Skulle hon inviga honom i sina planer eller fanns det en risk för hans hälsa med det som hon nu hade i tankarna?

– Hur känner du dig nu?

Hon ställde frågan med en liten bävan. Var osäker på om det var den bästa formuleringen.

Tage vände blicken mot henne och hon kunde skönja en lite illmarig glimt i ögonvrån när han svarade:

– Bä... bättre än... än... j... jag fö... förtj... tjänar.

Monica mötte hans blick och log.

– Om jag får ha en synpunkt så tycker jag att du förtjänar det allra bästa, sa hon. Annars kanske det är sant för oss lite till mans att vi många gånger har det bättre än vi har förtjänat. När man läser och hör om hur många människor drabbas av krig och svält och andra katastrofer inser man nog hur bra man har det...

Tage bara nickade.

Det var tyst en stund. Det var som om de båda behövde tänka igenom det som just blivit aktualiserat för dem.

Det blev Monica som åter bröt tystnaden.

– Tror du att du är stark nog för att komma ut bland andra nu framöver?

Tage såg frågande ut men sa inget.

– Jag menar om du kan tänka dig att tillsammans med mig vara med på en sommarfest, fortsatte Monica. Jag har fått en inbjudan och skulle helst inte vilja gå ensam...

Tage såg om möjligt ännu mer frågande ut men tycktes fortfarande inte vilja ge något svar.

– Ja, jag ska inte hålla dig på halster längre än nödvändigt, sa Monica. Det är till den årligen återkommande sommarfesten hos Lagberg som jag blivit inbjuden. Jag var faktiskt med där förra sommaren, men om jag ska bevista den i år igen så skulle jag vilja att du följde med.

Hon gav noga akt på reaktionen hos den äldre mannen, men kunde inte märka någon större sinnesrörelse hos honom. Kanske kunde hon se att det mörknade en aning i hans blick, men det var i så fall det enda.

De satt och såg varandra in i ögonen en god stund innan Tage öppnade munnen.

– Hos Lag... Lag... Lagberg?

Både förvåning och förargelse kunde tydligt skönjas i hans röst.

– Ho... hos... Lag... berg!

Han upprepade sig med eftertryck och borrade blicken ännu djupare in i Monicas.

Monica nickade och grep hans hand. Hon kände att den darrade lite mer än vanligt.

– Förlåt mig! Jag ville inte göra dig upprörd, men jag måste ändå fråga?

Tage kramade hennes hand. Han kramade den så hårt att det nästan gjorde ont, men kanske gjorde det ännu mera ont i själen.

Vad hade hon nu ställt till med?

Så var det som om det bistra ansiktsuttrycket slätades ut och den arbetsmärkta handen mjuknade.

Tage skrattade!

Monica trodde inte det var sant, men kunde bara konstatera att Tage skrattade.

– Ho... hos Lag... Lag... berg...

Monica föll in i skrattet.

Det var det där befriande skrattet som hon hört vid andra tillfällen tillsammans med Tage. Skrattet som likt en varm sommarvind svepte undan allt det svåra och mörka. Skrattet som förmådde att lösa upp så många knutar.

– Tror... tror du... verk... verkli... gen att... att jag är väl... väl... ko... kommen dit?

Monica ryckte lite på axlarna.

– Det vet jag inte, sa hon uppriktigt. Men jag har sagt till Berta att jag vill ta med mig en vän och hon har gett klartecken. Hon vet inte vem jag menade. Ingen vet vem jag menade.

Hon ryckte på axlarna igen.

Tage fortsatte skratta. Hans ögon fylldes av tårar, men Monica trodde inte att det var tårar av smärta eller sorg. Det var nog bara tårar som hängde samman med skrattet.

– Så vad säger du, fortsatte hon efter en stund. Tror du att du skulle vilja följa med mig dit som min allra bästa vän?

Hon lade huvudet på sned och såg honom in i ögonen.

Han lutade sig mot henne och strök henne över kinden.

– Flick... flicka lill... lilla! Om... om nå... nå... någon sku... skulle få... få mig att... att gå... att gå dit... Om... någon...

Han tystnade och drog efter andan.

– Om någon så... så är det... d... d... du!

Monica kände hur lätt hon blev om hjärtat vid de orden från den man som en gång varit hennes mammas älskade. Det kändes precis som om hans kärlek till hennes mamma fortsatte att flöda och att det nu var hon som var föremålet för den.

– Tage! Tage! Du anar inte hur mycket du betyder för mig, mumlade hon med gråten i halsen och reste sig för att krama honom hårt och länge där han satt i stolen.

Tänk om du varit tjugofem år yngre, tänkte hon. Då skulle jag ha friat om du inte hade gjort det.

Hon log åt sina egna tankar medan hon cyklade hemåt efter att ha informerat Tage om dag och tid för den fest som de nu skulle besöka tillsammans. Frågan var bara om hon skulle berätta för Berta vem det var som hon skulle ha i sällskap. Det var kanske säkrast även om det skulle ha varit en poäng med att överraska.

Hon bestämde sig för att sova på saken. Det brådskade ju inte och ingen av Lagbergs kunde väl ha mage att säga nej.

I så fall skulle även hon utebli och hon hade en känsla av att det var det ingen av dem som ville.

Tolfte kapitlet

Ragnar Skog stod och väntade på trottoaren när Monica steg ut för att leta upp ett lämpligt matställe för dagens huvudmål.

– Får man bjuda damen på en matbit kanske? Hans leende var generöst.

Monica såg ingen anledning att tacka nej utan nickade.

– Tack, det ska jag väl inte missa, sa hon och begränsade medvetet sitt svarsleende. Hon förstod att det inte var lönt att försöka smita undan den tydligt uppvaktande mannen vid varje tillfälle som han tog tillvara.

– Stadshotellet?

– Ja, gärna. De brukar ha god mat och så är det ju nära och behändigt.

De fick sin mat och fann ett bord där de kunde prata lite ostört. Helt lätt var det inte eftersom matgästerna var ganska många, men ändå.

– Förlåt min framfusighet, sa Ragnar och såg lite lagom skyldig ut. Men jag hade ändå tänkt äta här idag och när jag passerade ditt kontor slog det mig att vi kanske kunde göra sällskap.

Hans skådespelartalanger är det inget fel på, tänkte Monica och höll tillbaka ett litet leende.

– Ja, det passade ju fint, svarade hon. Jag hade faktiskt också tänkt mig hit idag. Som jag sa så är det nära och bra på alla sätt.

De åt under tystnad.

När det var dags för kaffe på maten ansåg väl Ragnar att det kunde vara dags att gå in på lite mera konkreta ärenden. Han hade förstås en tanke med att dyka upp så där lägligt. Det var helt klart inte bara en plötslig ingivelse.

– Du har inte hört av dig, började han lite försiktigt och sökte hennes blick. Mycket att stå i fortfarande förstås...

– Åjo vars, svarade hon. Jag tog ju ledigt några dagar för att hjälpa min vän, som jag väl sa då vi träffades lite hastigt där på vägen. Sedan har det varit fullt upp, kan man väl säga. Precis lagom för en firma som min.

– Roligt att höra. Jag skulle väl kunna säga detsamma.

Han spelade med ena handens fingrar på bordet. Att han valde vänsterhanden var säkert en del i hela hans upplägg med det här mötet. Han ville tydligt visa att det inte fanns någon förlovnings- eller vigselring där.

– Men du tror inte att vi skulle kunna tjäna på ett samarbete?

Frågan var rakt på sak. Ragnar Skog verkade inte vara en man som lindade in något i onödan.

– Nja, jag vet faktiskt inte. Jag har kanske inte funderat så mycket på frågan, men jag måste säga att jag trivs alldeles utmärkt med det upplägg som jag har idag. Det finns en frihet i att själv bestämma det mesta, eller hur?

Ragnar gjorde en svårtolkad grimas.

– Jo, det har du förstås alldeles rätt i. Jag tänkte kanske inte heller att vi skulle slå ihop våra firmor. I så fall har du missförstått mina ambitioner. Min tanke var att vi skulle kunna dela lite information omkring olika uppdrag som vi får förfrågningar om.

Ibland kanske jag får en fråga om något som skulle passa bättre hos dig och vice versa...

Han höjde på ögonbrynen i en frågande min.

Monica nickade.

– Jag förstår, sa hon. Tanken är kanske inte helt tokig, men jag tror inte att jag är beredd att gå in i något samarbete just nu. Inte för att jag misstror dig, men vi känner ju inte varandra så särskilt väl. Jag vet inte hur mycket du tagit reda på om mig, men jag måste erkänna att jag vet väldigt lite om dig och din firma.

– Sant. Jag går kanske lite för fort fram. Jag har en förmåga att göra det, tyvärr. Ska jag vara riktigt ärlig, och det vill jag faktiskt vara, så handlar det inte bara om ett samarbete inom branschen. Jag... jag vet inte riktigt hur jag ska uttrycka mig, men jag skulle nog vilja lära känna dig lite närmare. Som person, menar jag...

Han tystnade och hade svårt för att veta var han skulle fästa blicken.

Monica blev inte överraskad, men ändå lite tagen på sängen över det omaskerade intresset för henne som kvinna. Ragnar Skog var sannerligen inte en man som vilade på hanen!

Hon tömde det sista som fanns kvar i kaffekoppen innan hon fäste blicken på honom.

– Tack för ditt intresse och din ärlighet, sa hon. Men jag tror inte att jag är beredd att gå vidare på det sättet som du önskar. Du får inte ta illa upp, men det är min bestämda åsikt just nu. Om du måste ha ett svar idag så kan det bara bli ett tydligt nej!

Ragnar verkade inte tappa fattningen inför det osminkade beskedet. Han reste sig, nickade och räckte henne handen.

– Vi får väl se tiden an då, sa han. Jag väntar hellre på ett genomtänkt svar än att jag skulle stressa fram ett förhastat och negativt sådant. Som sagt så har jag en ovana att inte låta saker och ting ta sin tid. Det var ändå trevligt att få bjuda på en bit mat.

– Tack själv. Det är väl inte omöjligt att våra vägar kommer att korsas då och då. Ingen av oss kan ju se in i framtiden. Kanske kan ett framtida samarbete visa sig vara en bra affär för oss båda.

Monica förstod sig inte riktigt på sig själv, men inom henne kämpade motstridiga viljor. En del av henne ville ge klart besked medan en annan ville ha kvar något av en alternativ väg, en livlina för en allt starkare önskan att verkligen få dela allt med någon.

Hon lät Ragnar försvinna ut från restaurangen innan hon själv följde efter. Den här eftermiddagen skulle det nog inte bli helt enkelt att behålla koncentrationen på de arbetsuppgifter som väntade. Hon kunde inte hjälpa att en suck letade sig väg över hennes läppar när hon öppnade dörren in till sitt kontor.

Ragnar Skog, tänkte hon. Varför i hela världen skulle du dyka upp i mitt liv just nu? Som om det inte skulle vara tillräckligt med lösa trådar och frågetecken redan...

Hon slog sig ner på kontorsstolen och lutade huvudet i händerna för att försöka finna någon form av stadga inför allt det som snurrade därinne i hennes tankevärld.

Hon hörde tickandet från sitt eget armbandsur och kände pulsslagen vid tinningarna. Hon försökte räkna dem men kom av sig gång på gång.

Ragnar Skog.

Uno Lövgren.

Valter Lagberg.

Dessa män som på olika sätt krävde hennes uppmärksamhet och tankemöda.

Ragnar med sitt direkta och odraperade sätt att tala om vad han kände och ville i sin relation till henne.

Uno med sin försiktighet och sina väl inlindade antydningar om ett djupare intresse.

Valter med sina burdusa och ckontrcllerade framstötar där han gång på gång tenderade att gå över alla anständighetens gränser.

Därtill hade hon ju Tage och Arvid som behövde hennes omtanke och närvaro på ett helt annat sätt.

Hon suckade igen och bestämde sig för att vända kontoret och arbetsuppgifterna ryggen. Hon måste ut, andas den friska skogsluften och röra på kroppen.

Trettonde kapitlet

Monica märkte direkt att Tage inte var som vanligt när hon hämtade honom för att tillsammans med honom delta i Lagbergs sommartillställning. Visst försökte han le som han brukade, men det fanns något spänt i blicken och kroppen verkade mer orörlig när hon hjälpte honom in i bilen.

Kanske var det inte någon bra idé, men nu kändes det lite väl sent att ångra sig. Hon hade ju känt sig så övertygad om att det här skulle kunna vara en viktig pusselbit i hennes eget livs pussel. Kanske hade hon bara tänkt lite för mycket på sig själv och inte tagit tillräcklig hänsyn till andra som blev inblandade? Fast Tage var ju ändå i allra högsta grad inblandad....

Det blev inget sagt dem emellan under den korta bilfärden till den lagbergska gården. Var och en av dem hade sitt att tänka på.

Värdparen gjorde stora ögon när de såg vem Monica hade med sig. Ingen av dem lyckades helt dölja den förvåning som Tages entré orsakade hos dem. Inte ens den lugne och trygge Allan Ohlsson kunde låta bli att höja på ögonbrynen.

Berta var ändå den som snabbast fick igång målföret.

– Välkommen Monica, sa hon. Så roligt att du kunde komma! Och välkommen Tage! Så det var alltså du som var den utvalde...

Hon tryckte deras händer och Monica kände hur hela den manhaftiga kvinnan darrade av någon form av inneboende spänning.

Allans handslag var fast och Monica kunde notera att han hälsade med samma fasthet och värme på Tage.

Britt Lagberg var lika sval och opersonlig som Monica förväntat sig. Hon motsvarade helt den bild av den yngre fru Lagberg som skapats i Monicas inre. Valter hälsade välkommen med en svårtolkad glimt i ögonvrån, men det påklistrade leendet satt som gjutet i hans ansikte.

Monica tackade för välkomnandet medan Tage nöjde sig med att bara nicka innan de gick vidare för att blanda sig med övriga gäster den här vackra sommardagen.

En av de första som de stötte på var Lovisa Lagberg som satt sig på en strategisk plats där de flesta av gästerna passerade. Den gamla damens ansikte lyste upp en aning när hon fick se Monica även om den uppmärksamme iakttagaren kunde se en liten glimt av förundran över det sällskap som hon hade med sig.

– Så ses vi då igen, sa Lovisa och grep Monicas hand. Det var ett bra tag sedan sist ..

Hennes stålgrå blick borrade sig in i Monicas. Bakom leendet anade Monica frågorna som den äldre fru Lagberg nog gärna skulle ha velat ställa till henne.

– Och Tage, fortsatte Lovisa. Det var sannerligen inte igår!

Det uppstod en stunds tystnad.

– God... goddag Lo... Lo... Lovisa, sa Tage och räckte henne handen. Du... du... ser ut att... att... ha det br... bra...

– Ja, jag ska inte klaga, svarade Lovisa och Monica såg att hon kramade Tages hand hårt och länge. Jag har mycket att vara tacksam för. Hur har du det själv? Jag hörde att du varit dålig...

Tage nickade.

– Ta... tack, men... men j... jag mår my... mycket bätt... bätt... re nu. Mo... Moni... Monica hjäl... hjälper mig...

Han tystnade och Monica såg hur svettpärlorna bröt fram i hans panna.

– Roligt att höra, sa Lovisa och släppte Tages hand. Jag ska inte plåga dig med fler frågor. Du är lyckligt lottad som har Monica...

Det fanns en underton i den gamlas röst och blicken som hon vände mot Monica sände signaler som ökade hjärtfrekvensen.

Monica och Tage fortsatte och fann ett par lediga sittplatser i skuggan av ett av de stora träden som fanns i trädgården. Där kunde de sitta och iaktta övriga gäster. En del hade satt sig och andra rörde sig fortfarande för att söka upp ett lämpligt sällskap.

– Jag hoppas att det inte blir för ansträngande för dig, sa Monica med låg röst och lade handen på Tages arm.

Tage skakade på huvudet och ett spjuveraktigt leende smög sig fram över hans ansikte.

– Ba... bara j...jag inte be... be... höver pra... prata så... så my... mycket.

– Det ska du inte behöva. Låt mig stå för konversationen. Jag tror nog att de flesta har förståelse för att du helst vill slippa efter det som du har gått igenom. Annars får jag väl försöka förklara det för dem...

Tage småskrattade och klappade henne på kinden.

– Det... det bl... blir nog br... bra.

Monica skulle just föreslå att de kanske skulle leta upp ett par platser vid något av borden då Valter Lagberg helt plötsligt dök upp vid hennes sida.

– Så det är här ni gömmer er, sa han och det fanns en illa dold förtrytelse i hans röst.

Monica reste sig och mötte hans blick.

– Tage behövde ta igen sig lite, sa hon och ansträngde sig för att inte låta rösten avslöja något av de känslor som direkt gjorde sig gällande inom henne.

– Jaja, sa Valter och nu drog det där svårbegripliga leendet över hans ansikte igen. Bli inte så upprörd av det jag sa nyss. Det var väl mest sagt på skämt...

Han tystnade och fäste blicken på Tage.

– Men jag måste erkänna att jag inte hade väntat mig att få se dig här, Tage. Utan att fördjupa oss i det förgångna är vi nog överens om att vi inte haft så värst mycket gemensamt genom åren.

Tage mötte hans blick utan att blinka. Monica kunde se hur det spelade ett litet leende djupt därinne när han skakade lätt på huvudet. Det såg ut som om han ansträngde sig för att säga något men det blev inget sagt.

– Tage har det lite besvärligt med sitt tal efter sin sjukhusvistelse, förklarade Monica. Ibland låser det sig för honom...

– Åh, jag förstår, sa Valter. Inte ska du behöva anstränga dig för min skull Tage. Känn dig välkommen!

Han tog samtidigt tag i Monicas arm och fick henne med sig ett par meter från Tage.

– Men vad har du för baktankar med det här, väste han i hennes öra.

93

Monica drog sig loss och tog ett steg tillbaka.

– Gör inte om det där, sa hon och spände blicken i honom. Vi har kanske anledning att prata med varandra, men det ska vi inte göra här och nu. Ta hand om dina gäster... och din fru!

Valter flackade med blicken.

– Förlåt, sa han. Jag vet inte riktigt vad det var som flög i mig...

Han vände snabbt om och försvann.

Monica andades ut och kände samtidigt hur all kraft liksom bara rann ur hennes kropp. Hon var helt enkelt tvungen att sjunka ner på stolen en stund igen.

Vad har jag hittat på, tänkte hon. Jag borde kanske ha tänkt igenom konsekvenserna lite bättre...

Hon kände Tages hand på sin axel.

– Ta... ta det lu... lugnt, viskade han. De... det bl... blir nog br... bra...

Det var dags att förse sig från de rikligt dukade borden och snart var samtalen igång i de olika konstellationerna som uppstått då var och en sökt sig en sittplats.

Till bordet som Monica och Tage sökt sig kom lite överraskande det par från Göteborg som hon lärt känna som hastigast året före.

– Så sitter vi visst vid samma bord i år igen, log Sylvia Nilsson när hon hälsade på Monica. Men den här gången har vi inte pastorns med oss.

Hon tystnade och fäste blicken på Tage.

– Men er har jag bestämt inte haft förmånen att lära känna tidigare, fortsatte hon. Jag heter Sylvia och det här är min man David. Vi kommer från Göteborg, som ni kanske hör.

Hon fnittrade till lite grann.

Tage nickade mot dem båda.

– Ta... Tage, kom det sedan från honom. Tage Per... Persson. Ja... jag b...bor hä.. här i byn. Men... men det... det är förs... sta gå.. gången jag är hä... här...

Han drog djupt efter andan och gav Monica en bedjande blick.

– Tage har varit sjuk och det är sviterna efter sjukdomen som gör det svårt för honom att uttrycka sig, sa hon. Det var jag som gärna ville ha honom med mig hit idag, men vi får försöka njälpas åt så han inte behöver överanstränga sig. Eller hur, Tage?

Hon lade sin hand på hans och kramade den lite lätt.

Tage nickade och log lite grann.

– Vi förstår, sa David Nilsson och nickade välmenande åt Tages håll. Roligt att du ändå ville vara med ibland oss. Hoppas att det rättar till sig med din hälsa...

Det var tyst en stund runt bordet medan var och en ägnade sig åt allt det goda som fanns på tallrikarna.

– Så du har lämnat hemstaden för gott nu efter vad jag förstått, sa David efter en stund med adress till Monica. Jag kunde inte låta bli att fråga efter dig när jag pratade med Britt då jag ringde och tackade ja till den här festen. Ja, du hade ju flyttat hit redan förra gången vi sågs, men då var det väl ganska nära inpå. Längtar du inte tillbaka till storstadens puls?

Monica skakade på huvudet och log.

– Nej, det tror jag inte att jag skulle kunna säga, sa hon. Visst är det annorlunda mot den miljö som var min under hela min uppväxt och till för bara

95

knappt två år sedan, men jag trivs verkligen här. Det har varit som att komma hem på något sätt. Som om jag egentligen hörde hemma här från allra första början.

Hon sa det hela med ett skratt, men gav samtidigt Tages hand en lätt tryckning för att han skulle förstå den djupare sanningen i det hon just sagt. I ögonvrån kunde hon ana hans leende.

– Det låter underligt i en urgöteborgares öron, sa David. Men det finns säkert ingen anledning att betvivla sanningen i det du säger. Jag måste säga att det syns på dig att du hittat rätt...

– Gör det?

– Absolut, inflikade Sylvia.

Flera vid bordet nickade instämmande.

– Det måste vara något särskilt med den här byn eller den här bygden, sa en av männen vid bordet. Kommer man väl hit har man väldigt svårt för att komma härifrån. Men nu tror jag att jag vill ta en ny runda med min tallrik. Såg jag inte fel så var det fler rätter än jag kunde få med i första omgången.

Han skrattade och fick med sig de flesta runt bordet i ett befriande skratt.

Man hade hunnit med både efterrätten och var inne på tårtan och kaffet när Berta Ohlsson passade på att få några ord med Monica.

– Hur är det med Tage egentligen? Du ska inte tro att jag har något emot att du tog med dig honom hit även om jag måste erkänna att jag blev ganska förvånad. Jag hade nog väntat mig någon annan, men det kan vi lämna därhän nu.

Hon gav Monica en blick som kunde tolkas lite hur som helst.

– Men hur tror du att han upplever den här dagen? Det måste ju vara svårt för honom när han inte kan prata obehindrat, menar jag. Sen kan jag ju inte låta bli att fundera lite över vad du har för speciell relation till honom. Bland de flesta i byn, tror jag mig veta, är man nog lite kluven i sin inställning till Tage Persson. Man ska väl inte göra skillnad på folk och folk, men det har alltid pratats en del om honom. Kanske inte så mycket under senare år, men längre tillbaka...

Hon tystnade, svalde och fick något flackande i blicken.

Monica stod tyst och avvaktande.

– Jag, jag hoppas att du inte missförstår mig nu, fortsatte Berta. Jag kanske uttrycker mig lite klumpigt ibland, men jag menar inget illa..

Hon såg nästan lite förvirrad ut. Monica hade svårt för att hålla tillbaka ett litet leende, men insåg att det inte var det mest lämpliga för tillfället.

– Tage är den första person här i byn som jag lärde känna, sa hon sakta och eftertänksamt. Ja, om man inte ska räkna ett hastigt möte med din bror när jag var och tittade på huset förstås.

Berta höjde förvånat på ögonbrynen vid den informationen.

– Valter! Var han där då? Vad hade han där att göra...

Monica passade på att släppa fram det där leendet som hon hållit tillbaka länge nog.

– Han råkade väl bara ha vägarna förbi just när jag var där, sa hon och fick det att låta som inget att fästa större vikt vid. Men Tage träffade jag när jag tog min första cykeltur genom byn. Han vinkade åt mig och jag stannade till för att pusta lite. Vi kom att pratas vid en stund och har sedan blivit riktigt goda vänner. Nu när han dras med sviterna efter sin sjukdom känns det ännu mer angeläget att hålla kontakten med honom. Jag tänkte att det skulle vara bra för honom att komma ut bland folk igen. Så det var därför jag fick idén att fråga om jag fick ta med mig någon hit idag.

Berta nickade och återgäldade leendet även om det kanske satt lite längre in för henne.

– Då får vi hoppas att det hjälper honom i hans tillfrisknande, sa hon. Och du, glöm det där andra jag sa om honom. Det... det var nog ganska onödigt...

Fjortonde kapitlet

Det var midsommarvecka och Monica insåg att hon inte hade funderat över hur hon skulle fira midsommarhelgen. En anledning till att hennes tankar började cirkulera omkring detta var ett gammalt fotoalbum som hon hittat när hon gick igenom några kartonger som aldrig blivit riktigt uppackade.

Hon hade egentligen tänkt ägna kvällen åt städning, men så blev hon fast vid bilderna som upplivade en massa minnen från barndomstiden. Hon satt länge och tittade på en bild där hon hade försetts med en riktig midsommarkrans och där hon satt i pappa Henrys knä. I bakgrunden skymtade en massa festklädda människor och en midsommarstång.

Hon kände plötsligt en saknad efter både sin pappa och sin mamma. Minnena av Henry Björkengren hade med åren bleknat alltmer, men nu när hon satt med bilden framför sig blev han på nytt så levande och verklig för henne. Hon var tillbaka i sin barndoms dagar och kunde nästan känna hans starka armar omkring sig och se den kärleksfulla blicken som hon hade mött så många gånger under åren som hon fick ha honom som sin pappa.

– Pappa, mumlade hon. Du var verkligen en riktig pappa. Inte kunde jag då ana att jag skulle bli så upptagen med att försöka finna min verkliga pappa. Om du hade fått leva hade det nog inte blivit på det viset heller. Då hade jag kanske aldrig hamnat i de här trakterna, aldrig hittat den här stugan och aldrig blivit bekant med Tage eller Arvid eller Judit eller någon annan av dem som nu blivit centrala i mitt liv...

En tår droppade ned på sidan i albumet och hon strök bort den för att den inte skulle förstöra bilden.

– Tack pappa för allt du gav mig så länge du fanns, fortsatte hon sin monolog. Du ska veta att du alltid kommer att ha en plats i mitt hjärta. En pappaplats.

Hon bläddrade vidare i albumet och hamnade allt djupare i den barndomsbild som de olika fotona påminde henne om. Bilder som talade om glädje, trygghet och bekymmerslöshet.

Vart tog allt det här vägen, funderade hon. Fanns det kvar inom henne och vilka spår hade det satt i henne? Hur mycket av det som hon upplevt som barn i familjen Björkengren bar hon egentligen med sig? Hur stark var den delen av hennes liv ställd i relation till det som var hennes nu och framtid?

Hon skakade lite på huvudet åt sina egna funderingar, men hade svårt för att riktigt släppa dem ifrån sig.

Det blev telefonen som obarmhärtigt slet henne tillbaka till den vardag som var hennes. Till de arbetsuppgifter som ingen annan skulle ta hand om. Till de planer som bara hon kunde smida.

– Monica Björkengren!

– Hej Monica! Rösten var bekant, men hon kunde ändå inte direkt placera den.

– Hej!

– Ja, du hör kanske inte vem det är, fortsatte rösten i telefonen. Det är Ragnar. Ragnar Skog om du kanske kommer ihåg det namnet.

Han skrattade ett uppsluppet och nästan lite till-
gjort skratt.

– Ragnar! Jo det är klart att jag kommer ihåg dig.
Det är ju inte så länge sedan vi träffades. Jag hade
bara lite svårt för att direkt känna igen rösten.
Ibland blir det lite annorlunda i telefon, tycker inte
du det också?

– Så kan det nog vara, svarade han Jag hoppas
att jag inte stör alltför mycket så här på kvällskvis-
ten.

– Nej, det är ingen fara. Jag hade egentligen
tänkt städa lite, men så hittade jag ett gammalt al-
bum och blev sittande. Det var så många minnen
som trängde sig på så jag var nog inte riktigt närva-
rande i nutid när telefonen ringde.

Hon bet sig i läppen och undrade varför hon var
tvungen att redogöra för vad hon höll på med. Rag-
nar Skog var väl knappast en man som hade med
hennes privatliv att göra.

– Då ber jag om ursäkt för att jag spräckte min-
nenas bubbla.

– Tänk inte på det. Jag skulle ju ändå tillbaka till
dammsugaren...

Hon skrattade och han skrattade med.

– Jaja, vardagen kommer man inte ifrån hur man
än vrider och vänder på saken, sa Ragnar. Ibland
skulle man nog önska att det fanns någon annan
som tog en del av de där tråkiga sysslorna som
måste göras.

– För det mesta tycker jag nog inte att det är trå-
kigt att städa och göra fint, sa Monica. Tvärtom kan
jag faktiskt riktigt njuta av det. Precis som när jag
håller på ute i trädgården och försöker få fason på
rabatter och annat.

– Då ska jag inte ta den glädjen ifrån dig.

101

Det var tyst några sekunder. Monica tyckte inte att hon hade något att tillägga och från andra hållet hördes det inget. Bara att den uppringande mannen andades lite djupare än normalt.

– Ja, förlåt om jag uppehåller dig, sa han slutligen, men saken är den att jag tänkte fråga dig om du har något särskilt planerat för midsommarafton. Själv tänkte jag besöka ett firande vid Kallsjöbaden, om du vet var det ligger, och skulle bli väldigt glad om du kunde tänka dig att följa med.

– Kallsjöbaden, upprepade Monica. Jo, jag har nog hört talas om den platsen. Där finns väl en dansbana, eller hur?

– Alldeles riktigt, alldeles riktigt, sa Ragnar med en avsevärt större portion entusiasm i rösten. Inte för att jag är någon större dansare, men ibland spritter det allt lite grann i benen. Vad säger du? Följer du med?

Monica dröjde med svaret.

Hur skulle hon hantera den här situationen? Hon hade ju alldeles nyss funderat över hur hon skulle fira midsommar och så kom det här erbjudandet som ett brev på posten. Hade hon några skäl att tacka nej? Vad var alternativet för henne?

Uno Lövgrens ansikte skymtade som hastigast fram för hennes inre blick, men han hade ju inte sagt något. Inte än i alla fall och hennes bild av honom var fortfarande att han inte var så väldigt spontan. Visst hade han överraskat henne ett par gånger, men det kunde hon knappast förvänta sig inför den här helgen.

Han hade ju haft chansen om han tänkt fråga. De hade mötts flera gånger sedan hans femtioårsfest, men det hade aldrig varit tal om att göra något gemensamt i närtid. Ibland blev hon nästan lite frustrerad över hans passivitet. Om han verkligen var intresserad av henne på riktigt, och det hade ju faktiskt verkat så vid mer än ett tillfälle, kunde han väl anstränga sig lite mer. Innerst inne kände hon nog att hon inte skulle ha något emot det.

– Du tvekar, hörde hon Ragnars röst. Har du något annat i tankarna eller beror det på vad jag sa senast vi träffades? Om det är det som oroar dig så vill jag säga att du inte behöver känna någon press. Jag vill bara inte åka på ett midsommarfirande ensam och som sällskap måste jag säga att du överträffar allt det som jag skulle kunna önska mig i den vägen.

Monica drog lite på munnen.

– Får jag fundera en dag? Jag kan slå en signal i morgon och ge dig besked.

– Visst.

– Men då säger vi så. Tack för att du ringde!

– Tack själv.

Monica satte sig tungt i fåtöljen när hon lagt på luren. Där satt hon alldeles stilla en lång stund innan hon slutligen reste sig och grep tag i dammsugaren. Fundera kunde hon ju göra medan hon ägnade sig åt det som kvällen varit vikt för från början.

Blandat med surret från dammsugaren tonade på nytt den efterhängsna, men samtidigt så befriande, sångstrofen inom henne.

”Blicka mot himlen opp”.

När hon var klar med städningen tog hon på sig ett par bekväma skor och styrde sina steg mot den skogsstig som hon brukade använda sig av. Därinne bland de höga träden kändes det så mycket lättare att tänka. Där kunde hon reda ut både ett och annat medan hon lät kroppen få den motion som den så väl behövde.

Visst hade hon ett obehagligt minne från just den här skogsstigen, men då hade det varit höstmörker. Nu var det försommar med ett ljus som knappast hann försvinna förrän nästa dag tog sin början. Det var på lätta fötter som hon förflyttade sig i rask takt medan tankarna fick virvla omkring i hennes inre.

Minnesbilderna från barndomen fanns kvar och blandades med det som hänt med och omkring henne den senaste tiden.

Hon tänkte på Tage. Deltagandet i Lagbergs sommarfest hade kanske inte bara varit bra för honom, men när de delat några tankar efteråt hade hon ändå förstått att han inte skulle ha velat vara utan den upplevelsen. Det var som om han kunnat släppa något som han gått och burit på i många år. Som om han förstått något som han hade svårt att sätta ord på. Det berodde inte bara på hans talsvårigheter. Det var något som satt djupare än så i hans inre.

Så kom Arvid i hennes tankar. Det var ett tag sedan hon haft tillfälle att besöka honom nu. Ja, hon skulle väl egentligen inte skylla på att hon inte haft möjlighet. Det hade väl bara inte blivit av. Hon kände något av dåligt samvete över detta och bestämde sig för att sätta upp ett besök hos honom överst på prioriteringslistan.

Hon visste att Arvid hade det bra där han var och att han inte önskade sig något annat, men hon visste också hur glad han såg ut när hon visade sig på rummet.

I tankarna gick hon på nytt igenom det han hade sagt till henne då både han själv och hon trodde att han låg på sitt yttersta. Det kändes fortfarande svårt att fullt ut ta till sig sanningen i det han sagt,

104

men samtidigt växte en tro på sannolikheten sig allt starkare. Hon kände för varje gång som hon lät hans ord eka inom sig allt säkrare på att hon både ville och kunde ta dem till sig.

Det hade inte bara varit för hans skull som hon sagt de där orden.

Det hade varit lika mycket för sin egen skull som hon försäkrat honom att hon trodde på hans ord.

Hon slog av lite på takten och drog in den fantastiska kvällsluften. Fanns det något som kunde dofta som en tallskog i försommartid...

Hennes tankar gled över till Judit. Hon kände att hon skulle försöka hålla kontakten med den gamla kvinnan. Det blev så lätt att man träffades på grund av ett speciellt ärende och sedan rann allt ut i sanden. Men så ville hon inte ha det i sin relation till Judit. Hon ville odla en vänskap, komma närmare och kanske få betyda något för den ganska ensamma kvinnan.

När tankarna ändå uppehöll sig kring en gammal kvinna var steget inte långt till Lovisa Lagberg. Visst hade hon gett signaler om att hon gärna skulle vilja prata mer med Monica?

Listan på personer som hon borde ägna tid och intresse åt blev allt längre.

Men så var det den där frågan från Ragnar Skog. Från någon i hennes egen ålder. Ja, nästan i hennes egen ålder i alla fall.

Hur skulle hon hantera den direkta inbjudan som hon fått? Hon kände spontant en vilja att direkt tacka ja. Det var inte normalt för en kvinna i hennes egen ålder att inte ta vara på möjligheten att komma ut bland folk. Hon behövde slå sig lös från vardagliga plikter och djupgående funderingar och bara njuta av sådant som kom i hennes väg.

Visst kände hon innerst inne att hon nog helst hade gjort det tillsammans med någon annan. Kanske allra helst tillsammans med Uno, men eftersom han tydligen inte hade några sådana planer fick det väl bli någon form av reservplan.

Ragnar Skog var för all del inget dåligt alternativ. Han såg bra ut, hade ett respektabelt yrke och kunde utan tvekan föra sig bland människor. Hon behövde nog inte oroa sig för att hon skulle behöva skämmas i hans sällskap.

Kallsjöbaden, nu kommer vi! tänkte hon och bestämde sig för att avverka den sista biten av promenaden springande.

I samma ögonblick hörde hon en gren knäckas inte långt från stigen och hjärtat for upp i halsgropen.

Femtonde kapitlet

Utan att se sig om satte Monica upp allra högsta fart. Vad eller vem det än var som orsakat det knakande ljudet så tänkte hon inte ta reda på det.

Bättre fly än illa fäkta, tänkte hon medan hon sprang för allt vad hon var värd. Hon höll blicken stadigt på stigen framför sig för att inte riskera att trampa snett på någon sten eller rot. Medan hon sprang erinrade hon sig att just hon hade varnat pastor Fridh för de förrädiska ojämnheter som fanns på skogsstigen.

Hon nådde hemmet utan några missöden, men stannade inte förrän hon var ända framme vid dörren och kunde plocka fram nyckeln för att snabbt låsa upp och slinka in.

Pulsen var hög men nu berodde det kanske mest på den hastiga språngmarschen. Även om hon tyckte att hon hade tränat upp sig sedan hon flyttade in i Larssons måste hon erkänna att det fortfarande fanns en del att önska när det gällde hennes kondition.

Hon drog igen dörren bakom sig och gjorde något som hon inte brukade vara så snabb med i vanliga fall. Hon låste dörren direkt.

Utpumpad och orolig slog hon sig ner vid köksbordet med ett stort glas kallt vatten. Det tog några minuter innan andhämtningen var på en sådan nivå att hon klarade att dricka utan att sätta i halsen.

Tankarna virvlade bara runt i huvudet på henne och hon visste inte vad hon skulle tro eller tänka om det som hon just varit med om. Kanske var det bara ett djur som rört på sig i skogen. Kanske någon som blivit minst lika förskräckt som hon själv...

På lite darriga ben reste hon sig så och kikade ut genom det fönster som gav henne en liten glimt av den del av trädgården där stigen tog sin början. Hon stod där en stund utan att kunna upptäcka något som skulle kunna ha med ljudet i skogen att göra.

Nej, nu får jag verkligen skärpa mig, tänkte hon och gick fram till dörren, låste upp och steg ut på trappstenen.

Hon svepte med blicken över trädgården och den närmaste omgivningen och kunde konstatera att allt var lugnt och tyst. Lättad gick hon en sväng genom trädgården och drog i sig de olika dofterna som slog emot henne. Hon kände för varje steg hur lugnet och tryggheten återvände och när hon en stund senare satt med en kopp te i favoritfåtöljen kunde hon bara dra på munnen åt sin egen reaktion lite tidigare.

Hon kastade en blick på klockan och konstaterade att det nog var i senaste laget att ringa Ragnar Skog. Men hon var fast besluten att göra det redan nästa morgon.

Om det var det beslutet eller något annat som gjorde det svårt för henne att somna visste hon inte när hon lite senare låg i sängen och vred och vände på sig.

När hon slut ändå var mycket nära att glida in i drömmarnas värld ryckte hon plötsligt till och lyssnade ut i natten. För hennes inre blick dök konturen av en man upp.

– Valter, mumlade hon halvt vaken. Valter...

Tankarna kom igång igen och även om hon försökte värja sig kunde hon inte hindra dem från att börja kretsa omkring den man som mer än en gång gett henne huvudbry.

Nu senast hade hans uppträdande vid sommarfesten lagt ytterligare ved på brasan. Även om han snabbt försökt släta över sitt tilltag och sina ord så fanns avtrycken av dem ändå kvar i henne.

"Vad har du för baktankar med det här?"

Var det verkligen så han hade uttryckt sig?

Hon kände sig alltmer förvirrad när Valter Lagberg kom i hennes tankar. Nu när hon visste att han varit hos Judit och pratat om henne kunde hon inte blunda för att han var fast besluten att ta reda på allt han kunde om henne. Om hans intresse bottnade i ett verkligt intresse för henne som kvinna eller om han anade oråd beträffande hennes eventuella härkomst visste hon förstås inte. Att han inte var helt tillfreds med sitt äktenskap hade hon väl kunnat ana mellan raderna, men att han kunde tro sig vinna hennes intresse genom sitt uppträdande verkade mera långsökt. Han hade ju inte direkt gjort det lättare för sig i alla fall.

Nej, du Valter, tänkte hon. Ska du vinna en annan kvinna än den du redan har får du nog byta taktik.

Hon drog täcket över huvudet och bestämde att nu fick det verkligen vara slutfunderat för idag.

När väckarklockan ringde kände hon sig trots allt ganska utvilad och beredd att möta en ny arbetsdag. När hon någon timme senare satt bakom sitt skrivbord lyfte hon telefonluren och slog numret som hon fått.

– Skog.

– Hej Ragnar. Det är Monica.

– Hejsan Monica! Vad roligt att höra din röst så här på morgonkvisten. Det bådar gott för den här dagen...

– Kanske det. Hur som helst så tänkte jag bara ringa för att tacka ja till ditt förslag för midsommarafton. Jag följer gärna med. Det ska bli roligt att se ett nytt ställe.

– Toppen! utbrast Ragnar Skog och det hördes verkligen hur glad han blev. Då ska vi kanske bara bestämma en tid när jag ska hämta dig. Firandet börjar nog runt fyratiden så jag kan väl vara hos dig strax efter tre. Det finns ju ingen anledning att stressa en sådan dag, eller hur...

– Kom gärna lite tidigare så kan vi kanske ta en kopp kaffe i min trädgård innan vi åker, föreslog Monica och kände sig själv på nytt överraskad över sitt påtagliga engagemang för den kommande träffen med Ragnar.

– Gärna det, gärna det. Jag dyker väl upp någon gång mellan två och halvtre.

– Då är du välkommen!

– Tack så mycket. Det ska bli trevligt. Hoppas vädret är på vår sida också.

Monica lade på luren och lutade sig tillbaka konstaterande att det hela kändes ganska bra.

Dagens arbetsuppgifter bidrog till att timmarna bara rusade iväg och snart var det dags för Monica att sätta sig i bilen och fara hemåt. Men den här gången skulle hon bara passera sin stuga och fortsätta till Norrsjöstrand. Nu var det hög tid att göra ett besök hos Arvid. Han väntade säkert på henne.

Just när satt sig i bilen såg hon skymten av Uno. Det verkade som om han försökte fånga hennes uppmärksamhet så hon vevade ner sidorutan och lutade sig ut en aning.

Han var nästan lite andfådd när han nådde fram till bilen och mötte hennes blick.

– Ville du något särskilt?

– Ja, jo jag tänkte bara fråga om midsommar, sa Uno och såg både ivrig och förlägen ut på samma gång. Jag menar om du har några särskilda planer för midsommarhelgen?

Monica kunde inte hjälpa att hon hajade till och kände sig tvungen att ta ett djupt andetag innan hon kunde svara.

– Jo, det har jag, sa hon så neutralt som hon bara kunde. Varför undrar du?

Uno såg olycklig ut.

– Jag har varit så distra efter födelsedagsfirandet, mumlade han. Jag vet inte vad som hänt med mig, men det är väl någon slags femtioårskris, om det nu finns något som heter så...

Han tystnade och såg sig omkring.

– Jag borde förstås ha tänkt på det mycket tidigare, men av någon anledning har jag inte gjort det. Jag skulle så gärna ha velat fira midsommar tillsammans med dig...

Han såg om möjligt ännu olyckligare ut.

Monica log ett lite osäkert leende mot honom.

– Det hade varit trevligt, sa hon, men nu har jag lovat bort mig på annat håll. Tyvärr, får jag kanske säga...

Uno nickade.

– Jag förstår, sa han. Inget att göra åt. Du får ha det så trevligt var du nu än kommer att vara. Det är ju inget som jag har med att göra.

Monica nickade också och startade bilen.

– Vi ses, sa hon och lade i backen för att ta sig ut från parkeringen.

– Det gör vi.

I backspegeln kunde hon se att han stod kvar och såg efter henne då hon rullade iväg. Lite grann sved det till långt därinne i hjärttrakten, men hon bestämde sig för att inte låta den här lilla episoden lägga sordin på hennes eget midsommarfirande.

När Monica svängde in på parkeringen vid Norr-sjöstrand kunde hon snabbt konstatera att Bertas bil stod där. Ja, det kunde ju lika väl vara Allan som hade ett ärende till någon som bodde där, tänkte hon.

Hon tog med sig frukten hon köpt för att över-raska Arvid med och skyndade in.

Just när hon lyft handen för att knacka på hans dörr hejdade hon sig och lyssnade. Det lät som lju-det av röster inifrån Arvids rum. Det borde kanske inte förvånat henne. Det var knappast något ovan-ligt att någon från personalen fanns i rummet för att ordna med något. Men det var en av rösterna därin-ifrån som fick henne att hålla tillbaka knackningen. Hon kände igen rösten och hon förvånades en aning över att röstens ägare var på besök hos Arvid på Sniskan.

Hon tvekade någon sekund och övervägde om hon skulle knacka på eller om hon skulle dra sig tillbaka. Ett tredje alternativ lockade, men något hos henne fick henne att känna sig lite skuldmedveten bara över att hon tänkte tanken.

Hennes tvekan varade inte länge. Resolut lyfte hon på nytt handen och knackade. Rösterna i rummet tystnade, men sedan hörde hon Arvid ropa ett "kom in".

När hon steg in i rummet mötte hon tre par ögon som speglade tre olika reaktioner på hennes in-träde. Fast hennes blick snabbt rörde sig från den ene till den andre uppfattade hon variationen.

Arvids blick fylldes av ett ljus som återspeglade den glädje som hennes besök skapade inom honom.

Berta Ohlssons blick flackade en aning och signalerade en viss irritation över att na blivit avbruten i ett samtal som troligtvis var viktigt för henne. Lovisa Lagberg mötte henne med en stadig blick, men ändå kände Monica att den gamla damen inte direkt välkomnade henne just den här gången.

– Monica! utbrast Arvid och sträckte handen mot henne där han satt på sängkanten. Vad roligt att du tittar in. Det var ett tag sedan sist.

– Hej Arvid, svarade hon. Jag fick bara för mig att jag skulle svänga hit. Jag tog med lite frukt. Men hade jag vetat att du redan hade besök kunde jag förstås ha valt ett annat tillfälle. Ibland fungerar kanske inte intuitionen så där hundraprocentigt...

Hon skrattade lite, men kände själv att det lät lite ansträngt.

Hon kände de båda kvinnornas blickar på sig när hon kramade om Arvid och placerade fruktpåsen på bordet bredvid sängen.

– Om du vill så kommer jag tillbaka en annan dag, viskade hon i hans öra.

Arvid skakade på huvudet.

– Stanna, viskade han tillbaka innan de lösgjorde sig från varandra.

Berta Ohlsson hade rest sig och stod och trampade som om hon inte visste vilket ben hon skulle stå på.

– Ja, det var mamma som så gärna ville att vi skulle titta in till Arvid, sa hon. De är ju bekanta sedan lång tid tillbaka och hon har flera gånger undrat hur det har gått för honom efter det där krånglet med hjärtat.

113

Monica nickade bara. Hon kände inget behov av att få förklarat för sig varför Berta och Lovisa var på besök hos Arvid. Inte för att hon hade förväntat sig det, men så långsökt var det ju ändå inte.

– Jaja, bröt Lovisa in och rösten hade en kärvare ton än vanligt. Vi skulle kanske ändå säga adjö för den här gången. Det var roligt att se att du återhämtat dig så bra, Arvid.

Hon reste sig med en viss möda och sträckte fram handen mot Arvid. Berta följde efter med en svårtolkad blick mot Monicas håll.

Sextonde kapitlet

Monica hade kaffet klart när Ragnar Skog svängde in på hennes trädgård. Han var snabbt ute ur bilen och skyndade fram emot henne där hon stod på trappstenen. I handen hade han en blombukett som han överräckte med en elegant bugning.

– Varsågod, min sköna dam, sa han och log ett lite spjuveraktigt leende. Om du visste vad jag sett fram emot det här tillfället!

Monica log tillbaka, också hon med glimten i ögat.

– Tackar, tackar, sa hon. Det låter ju lovande. Och vädret kunde väl knappast vara bättre, eller hur?

– Sagolikt, sa Ragnar. Och du bor sannerligen sagolikt också. Men så ska väl en prinsessa bo förstås...

Han skrattade innan han fortsatte:

– Jag har för all del vetat om det här stället tidigare, men jag hade inte en aning om att det var så bedövande vackert. Ja, allt här är en fröjd för ögat, det måste jag få säga...

Monica sög i sig komplimangerna, men bestämde sig ändå för att inte låta sig påverkas alltför mycket av den vältalige mannen. Hon insåg att det gällde att vara på sin vakt även om hon nog inte trodde att hon hade något direkt att ängslas för i samvaron med Ragnar Skog. Inget talade för att han skulle vara av samma skrot och korn som Valter Lagberg.

De tog en sväng genom trädgården innan det var dags för kaffet. Det var inte utan stolthet som Monica berättade om sina mödor för att försöka återskapa den trädgård som en gång funnits runt huset.

– Jag kan väl inte påstå att jag kommit så långt, sa hon, men en hel del har jag ändå hunnit med om jag får skryta lite.

Ragnar log.

– Det kan du gott göra. Inte för att jag är någon trädgårdsexpert, men nog ser jag spåren av dina arbetsinsatser. Det skulle behövas lite av den ambitionen i min trädgård...

Han log på nytt igen och det fanns inget tvivel om vad han syftade på, men Monica låtsades inte förstå den bakomliggande tanken.

– Så du har ändå en trädgård, sa hon. Bor du i stan?

– Jo, det kan man väl säga att jag gör, fast lite grann i utkanten. Än så länge skulle jag kanske säga. Kornlanda växer ju som du säkert vet, så snart kan det nog inte kallas utkanten av stan längre.

De fortsatte småpratet vid kaffebordet och Monica kände sig alltmer avslappnad i samvaron med sin nya bekantskap. Hon kunde inte låta bli att betrakta honom lite grann i smyg då hon trodde att han inte skulle lägga märke till det.

Han har verkligen utseendet med sig, tänkte hon, och han verkar kunna hantera situationen på ett föredömligt sätt. Fast ibland låter han kanske sina innersta motiv bli lite för tydliga.

– Vad tänker du på?

Ragnars röst fick henne att rycka till lite grann och hon kände sig på något sätt ertappad.

– Åh, inget särskilt, ljög hon.

– Det såg sannerligen inte så ut, replikerade Ragnar. Men du har absolut ingen redovisningsskyldighet gentemot mig. Det verkade bara som om du helt plötsligt var så långt borta i dina tankar.

– Förlåt mig, sa Monica. Det händer ibland att tankarna svävar iväg. Det är som om hela den här omgivningen skapar en drömvärld. En rymd för tankar och funderingar på ett alldeles speciellt sätt.

Hon log ett lite osäkert leende och hoppades att inte behöva fördjupa sig ytterligare i ämnet.

– Inte så förvånande kanske, skrattade Ragnar. Då får man bara hoppas att det handlar om ljusa och positiva drömmar...

Han kastade en blick på klockan.

– Ojdå, fortsatte han. Det är kanske dags för oss att tänka på fortsättningen. Tack så mycket för gott kaffe. Är du klar att åka eller är det något mer som du ska ordna innan vi far?

Monica reste sig och plockade ihop efter kaffet.

– Jag ska bara ställa in disken. Sen är jag klar.

Hon hann ta en sväng framför spegeln också innan hon återvände ut till den väntande mannen. Motstridiga känslor rörde sig inom henne när hon tänkte på vad som väntade, men hon var ändå fast besluten att inte låta något lägga sordin på den feststämning som också fanns där.

Nu skulle hon roa sig tillsammans med Ragnar Skog. Han skulle inte få någon anledning att känna sig besviken över att han valt att bjuda ut henne på midsommarfirande.

Hon låste dörren och kände efter en extra gång att den verkligen var låst. Hon ville inte ha några objudna gäster medan hon var borta. Inte för att hon trodde att risken var så stor, men man kunde aldrig vara helt säker.

De åkte fram till Dörja by och där svängde Ragnar in på den lite mindre vägen som gick förbi pastorsbostaden. Den vägen hade Monica ännu inte utforskat så det blev en premiär för hennes del.

– Jag brukar vanligtvis inte åka den här vägen, sa Ragnar precis som om han läst hennes tankar. Men en dag som den här passar det alldeles utmärkt. Det blir ju faktiskt en genväg också även om det kanske inte går så mycket fortare.

Från bilens högtalare tonade en melodi som Monica kände igen.

– Så du gillar också Inger Öst?

Ragnar nickade.

– Ja, jag får nog erkänna att hon tillhör en av mina favoriter.

"Rör vid mig..."

Orden gick rakt in i Monica och hon kände hur hennes längtan efter närhet och samhörighet växte sig allt starkare.

Framme vid festplatsen överraskades Monica av att så mycket folk redan var där för att delta i det firande som precis tog sin början. Hon såg sig omkring och kunde konstatera att omgivningen gjorde sitt bästa för att öka på förväntan inför det som väntade. Solglittret i sjöns vatten och mångfalden av blommor utgjorde en alldeles betagande kuliss.

– Så vackert det är här, utbrast hon och vände sig mot Ragnar. Tack för att du tog med mig hit!

Han bara log till svar och tog hennes arm för att inte riskera att tappa bort henne bland alla andra som rörde sig inom det begränsade området.

Det såg ut att bli en lyckad eftermiddag och kväll där både den familjebetonade dansen runt midsommarstången och de efterföljande timmarna på dansbanan gav Monica alla möjligheter att bara

118

vara i nuet. Att inte ägna en enda tanke åt de frågor och funderingar som annars upptog så mycket av hennes tid.

Det kändes så befriande att vara tillsammans med en massa glada och uppsluppna människor. Det blev inte bara Ragnar som fick svänga om med henne på dansgolvet även om han var mycket flitig med att bjuda upp just henne.

Plötsligt stod Monica ansikte mot ansikte med en bekant person som räckte henne handen.

– Men är det inte Monica Björkengren?

Olof Svenssons ansikte lyste upp när hans blick mötte hennes innan han fortsatte:

– Hur trivs du i stugan? Jag har hört att du rustat upp den och blivit bofast. Stämmer det?

Monica tog hans framräckta hand och nickade samtidigt.

– Så är det, sa hon. Jag har faktiskt bott i stugan i drygt ett år nu. Jag måste säga att jag trivs alldeles utmärkt.

– Så roligt! Jag har nog funderat på att ta en sväng bortöver för att se hur det ser ut nu, men det har inte blivit av. Men det är väl inte försent än...

– Du är välkommen att titta in när det passar, log Monica. Slå gärna en signal så att jag är hemma.

– Tack gärna. Men då kanske jag kan få ditt telefonnummer. Annars hittar jag det väl i katalogen.

– Du kan få mitt visitkort. Jag har äntligen ordnat den saken. Jag driver ju en firma, som du kanske vet...

– Jo, det har jag förstått.

De blev avbrutna av Ragnar som dök upp och gav Olof en klapp på axeln.

– Står du här och hindrar min dam från att dansa, skrattade han.

– Ojdå! Det visste jag inte!

Olofs minspel avslöjade att han tog för givet att de båda var ett par på något sätt.

Monica hade en förklaring på tungan, men svalde den. Det fanns väl ingen anledning att poängtera den mycket tillfälliga samhörigheten med Ragnar Skog.

Hon lämnade över ett av de visitkort som hon råkade ha med sig.

– Hör av dig, sa hon och gav Olof Svensson, den man som en gång varit en bidragande orsak till att hon lyckades köpa sitt Larssons, ett varmt och inbjudande leende.

Hon följde honom med blicken när han avlägsnade sig och kom ihåg den ärlighet han visat prov på i samband med husaffären. En man att lita på, tänkte hon innan hon följde Ragnar tillbaka mot dansgolvet.

Av en händelse riktade Monica mitt i dansen sina blickar mot ingången till festplatsen och hajade till. Hon måste bestämt titta en gång till, men nog var det en mycket bekant person som skymtade därborta?

Ragnar gav henne en frågande blick när hon så plötsligt tappade takten och var nära att kollidera med närmaste par på golvet.

– Vad hände? Mår du inte bra?

Han förde henne åt sidan så smidigt han bara kunde och höll henne kanske lite onödigt hårt om livet.

– Förlåt mig, mumlade Monica med nedslagen blick. Jag, jag fick visst någon form av blackout helt plötsligt. Vi, vi kanske kan sätta oss en stund...

– Självklart!

De hittade en ledig plats lite i skymundan.

– Blev det för mycket för dig?

Hon kunde inte undgå att höra den uppriktiga oron i hans röst men skakade bara på huvudet och försökte sig på ett litet leende.

– Det är ingen fara med mig, sa hon men undvek att direkt möta hans blick. Jag hoppas jag inte skämde ut oss alltför mycket...

– Tänk inte på det. Jag hämtar något som du kan dricka. Sitt du bara kvar och ta det lugnt.

När Ragnar rest sig och försvunnit reste sig Monica också och spejade mot ingången. Visst var det Uno Lövgren som stod där, men han verkade inte vara ensam. Såg hon inte fel hade han damsällskap.

Det högg till i hjärttrakten och hon satte sig ner igen och försökte intala sig att det hon sett inte var något som hon behövde ägna sina tankar åt. Hon var här med Ragnar Skog och Uno hade all rätt i världen att fira midsommar med vem han ville. Hon hade ju fått chansen men inte tagit den.

När hon lite senare satt i Ragnars bil på väg hem ansträngde hon sig verkligen för att skjuta bilden av Uno tillsammans med en annan kvinna ifrån sig. Det var ju ändå inte något bestämt dem emellan.

– Tack för en mycket trevlig kväll, sa Ragnar när han höll upp bildörren för henne. Jag hoppas verkligen att du tycker likadant.

– Det är väl jag som ska tacka, sa Monica. Det har varit mycket trevligt, bortsett från den där förargliga fadäsen förstås...

– Tänk inte på det nu. Sånt kan väl hända vem som helst. Bara jag kan vara säker på att du klarar dig själv nu.

Han tog henne vid armen och följde henne fram till trappstenen.

– Törs man hoppas på en upprepning, sa han och lade huvudet lite på sned där han stod ett trappsteg lägre än hon. Och då menar jag inte till nästa midsommar utan så snart som det kan passa.

Monica kände hur hela hennes kropp blev spänd som en fjäder. Inom henne kämpade två olika viljor om herraväldet. Ville hon uppmuntra Ragnar Skog eller ville hon sätta stopp, låta det bli en engångshändelse?

Fegheten vann över både längtan och förnuftet.

– Vi får väl se, sa hon. Just nu är jag trött och mycket nöjd med vad den här dagen gett mig. Tack än en gång!

Hon skulle precis vända sig om och sätta nyckeln i låset när hon kände hans armar omkring sig och mötte hans läppar i en het men flyktig kyss.

– Tack min sköna! Sov så gott! Jag hör av mig!

Så var han borta.

Hon stod kvar och hörde bilen köra iväg medan hon sakta strök sig över munnen.

Sjuttonde kapitlet

Ett varmt sommarregn strilade utanför fönstret medan Monica höll på med sina förberedelser inför den semesterresa som hon blivit inviterad till. Först hade hon tänkt säga nej då Agneta ringde, men efter att ha funderat en stund och samtidigt lyssnat till väninnans argument bestämde hon sig för att det nog var en bra idé.

Hon behövde nog komma bort från vardagen och det som nu hade blivit hennes hemmamiljö. Det skulle kanske vara lite lättare att få grepp om livssituationen om hon fick lite distans rent geografiskt, tänkte hon.

Medan hon packade gick ändå hennes tankar till den senaste tidens händelser. Det fanns en hel del som skapade oro i hennes tankevärld och som hon, sina ambitioner till trots, hade svårt för att skjuta ifrån sig.

Midsommarafton fanns ännu i färskt minne. Även om de mesta minnesbilderna från den dagen var ljusa och positiva fanns det en del som skavde.

Hon hade inte träffat Uno på tu man hand sedan dess trots att det nu gått över en vecka. På något sätt hade de lyckats undvika varandra. Hon visste inte om det var medvetet från hans sida, men själv hade hon känt en viss osäkerhet när hon tänkte på nästa möte med honom.

Hon kunde inte låta bli att undra vem kvinnan i hans sällskap var. När hon tänkt igenom situationen dagen efter hade det slagit henne att han förmodligen var där i ett sällskap på flera personer. Hon kunde inte vara helt säker på den saken, men det kändes lite lättare för henne själv att tänka så. Även om han just då, när hon fick se honom, hade en kvinna vid sin sida behövde det ju inte betyda något...

Händelsen hade i varje fall talat om för henne att urmakare Uno Lövgren betydde ganska mycket för henne. Att det verkligen fanns starkare känslor för honom djupt i hennes inre.

Samvaron med Ragnar Skog hade attraherat en något ytligare sida av henne själv, det var hon fullt medveten om. Hon hade njutit av hans ohöljda beundran och hans tydliga signaler. Men själva avskedet från honom hade på något sätt satt en käpp i lyckohjulet.

Det hade varit mycket nära att hon hade bjudit med honom in när hon stod där på trappstenen, men något hade stått hindrande i vägen. När han sedan utan vidare omfamnat henne och stulit en kyss hade det skapat motstridiga känslor inom henne. Det hade inte på något sätt kunnat jämföras med de fåtaliga närhetsstunderna med Uno.

Ändå kunde hon inte släppa tanken på honom helt. Hans förslag om ett samarbete mellan deras firmor lockade faktiskt en del och hon kunde inte, även om hon ville, förneka att det hade en viss koppling till Ragnar Skog som människa, som man.

Hur skulle en framtid tillsammans med honom se ut, tänkte hon medan hon vek ihop ännu en tröja och funderade över om den skulle få plats i väskan. Hur skulle en framtid tillsammans med Uno Lövgren, om det nu fanns en sådan, formas?

Hon suckade.

I samma ögonblick ringde telefonen.

– He... hej Mo... mo... nica! Är d .. du my... mycket upp... upp... uppta... tagen?

– Hej Tage! Nja, jag håller bara på att packa...

– Pa... packa? Ska, ska d... du fly... flytta?

– Nej, så allvarligt är det inte, skrattade Monica. Jag hade bara tänkt ta lite semester. Resa bort ett tag.

– Åh, det, det va... var då fö... för väl.

– Vill du ha en påhälsning kanske? Jag kan gärna komma om en liten stund. Ska bara ordna ett par saker till. Jag tar bilen så behöver du inte vänta så länge.

– Br... bra!

– Då ses vi snart!

Samtalet var slut.

Monica gladdes över de framsteg som Tage gjorde när det gällde hans förmåga att uttrycka sig. Senast hon träffade honom hade hon tyckt sig märka en stor förbättring, men att tala i telefon verkade vara svårare.

När hon en stund senare satt i trädgården tillsammans med Tage kände hon hur bra hon trivdes tillsammans med honom. Han hade ordnat med kaffe och nog var det hembakade bullar på fatet.

Regnet hade dragit undan och molnen hade spruckit upp så solen kunde titta fram igen. Det var varmt i luften.

– Dina bullar är absolut det bästa man kan tänka sig till kaffet, log Monica och tog för sig. Det är då för väl att det inte är var dag som vi träffas på det här sättet. Då skulle det nog inte vara lätt att hålla vikten.

Tage bara småskrattade till svar, men Monica kunde inte undgå att se en glimt av något annat i hans ögon. Det var inte bara för att bjuda på kaffe och bullar som han ringt efter henne. Det var inte bara för att få ett avbrott i den ensamhet som annars var hans vardag. Det måste ha hänt något som han inte orkade bära själv. Något som han måste få dela med någon annan, med just henne.

Vad det än var så kändes det inte angeläget att stressa fram något. Hon ville gärna få sitta här en stund och bara njuta av det som skulle kunna sammanfattas i ett enda ord.

Sommarlycka!

Det blev inte många ord sagda dem emellan under tiden de ägnade sig åt kaffet och bullarna. Även om talet flöt lite bättre för Tage så var det ändå en extra ansträngning för honom och då behövde han inte ödsla sina krafter på småprat, tänkte Monica.

När de suttit alldeles tysta en stund efter det att kaffekopparna tömts harklade sig Tage och fäste sin blick på Monica. Det fanns ett allvar i hans ögon som signalerade att nu ville han prata om något viktigt.

Sakta och med en hel del stakningar och omtagningar berättade han för Monica vad som hänt för bara ett par dagar sedan.

Hon lyssnade utan att avbryta honom även om frågorna fanns där.

Tage hade fått besök. Ett besök som han inte hade förväntat sig.

När Allan och Berta Ohlsson plötsligt stod utanför hans dörr tillsammans med Lovisa Lagberg hade han knappt trott sina ögon. Det hade tagit honom några sekunder extra att samla ihop sin inre värld innan han kunde välkomna dem in i huset.

Att besöket inte var helt bekvämt för besökarna hade han kunnat förstå. Han kunde inte låta bli att dra lite på munnen när han återgav de första trevande minuterna. Sällan eller aldrig hade han sett Lovisa Lagberg så ansträngd.

Han hade erbjudit dem kaffe, precis som han brukade göra när det någon gång dök upp någon besökare hos honom, men de hade avböjt.

– Inga ansträngningar för vår skull, hade Lovisa sagt och fingrat lite nervöst på sjalen som hon hade över axlarna.

Så hade de hamnat i finrummet. Tage kunde inte förklara för Monica varför han bjudit in dem dit, men på något sätt hade det känts som om köket inte var den rätta platsen för det som skulle avhandlas dem emellan.

Det hade blivit ett ganska långt samtal där Lovisa varit den som fört ordet. Ibland hade Berta kommit med ett inpass, men Allan hade nog mest varit med som ett extra stöd för de båda kvinnorna, hade Tage tänkt.

Själv hade han förstås haft lite svårt för att förmedla det som han ville, men han trodde ändå att de förstått vad han ville ha sagt.

Det blev många uppehåll i Tages berättande. Han måste hämta andan och lugna ner sig flera gånger. Monica förstod att besöket och ärendet som besökarna haft hade satt djupa spår i hans innersta.

Att de kommit dit för att prata om Lilian och Monica och det som hänt runtomkring dem var förstås inte överraskande. Varken för Tage eller för Monica.

Att Tages roll i skeendet för ungefär fyrtio år sedan intresserade de andra tre var väl heller inte särskilt förvånande. Även om han inte varit säker på hur känt det varit att han sökt Lilians sällskap insåg han att tillräckligt mycket nått Lovisas öron.

Den kvinnan hade, enligt hans mening, en alldeles
särskild förmåga att se och förstå vad som hände
runt henne.

– Även om j... jag fö... för... förstod att ho... hon
k... kanske fått, fått en de... del om bak... bakfo...
ten, sa han och då fanns det där speciella leendet
någonstans djupt därinne i ögonvrån.

När Tage var klar med sin redogörelse för det
oväntade besöket satt de båda på nytt alldeles
tysta.

Tage torkade sig över pannan där några svettpär-
lor glänste och Monica höll sina händer hårt
knäppta i knät.

Vinden drog sakta genom trädgården och det sur-
rade av bin bland de blommor som växte lite
varstans runt huset.

– Jag undrar vad som egentligen är på gång, sa
Monica till slut och lät blicken följa de moln som
fortfarande rörde sig över himlavalvet. Vad är det
som de vill åstadkomma? Kan de ha något att
vinna på att veta mer om mamma?

Tage skakade på huvudet.

– Kan... kanske är d... de räd... da att, att du
sk... ska stä... ställa kra... v på, på nå... got sä...
sätt...

– Krav? Vad skulle det vara för krav? Du menar
om det blir riktigt säkert fastställt att jag är ett halv-
syskon till Berta och Valter?

Tage nickade.

Monica övervägde om hon skulle berätta för Tage
om sina samtal med Arvid Svensson, men visste
inte om det var så klokt i nuläget. Tage och Arvid
hade ju träffats och pratats vid själv. Även om de
kanske inte tänkte riktigt lika så var det nog ändå
bäst att de fick reda ut det själva. Men Bertas och

Lovisas besök hos Arvid kunde hon förstås berätta om. Det hängde säkert samman med visiten hos Tage...

Tage lyssnade intresserat när hon återgav händelsen på Norrsjöstrand. Han nickade flera gånger utan att försöka kommentera det han fick veta.

Artonde kapitlet

Öland visade sig från sin allra bästa sida när Monica, Agneta och Lena svängde av från den drygt sex kilometer långa bron och för första gången befann sig på solens och vindarnas ö.

De hade hyrt en stuga en bit norrut från bron och stannade för att studera kartan innan färden fortsatte.

I Kalmar hade de stannat och ätit en god lunch men också tagit sig tid att göra ett kortare besök vid det imponerande slottet.

– Tänk att vi kom iväg ändå, sa Agneta som satt i framsätet bredvid Lena. Det är knappt så man tror att det är sant, eller vad säger du Monica?

Hon vände sig om med en okynnig glimt i ögonen.

– Håller med, svarade Monica. Men vem som var den största stoppklossen har vi kanske delade meningar om.

Hon stack fram handen och drog lite lekfullt i Lenas lockar där hon satt vid ratten och koncentrerade sig på kartan.

– Vadå? Skulle jag ha varit besvärlig på något sätt? Men jag kan väl inte hjälpa att inte allt snurrar omkring en viss person i Dörja by! Jag har ju lite fler att ta hänsyn till!

Trots munterheten i rösten kunde Monica ana en viss irritation över angreppet från hennes sida.

– Men nu ska vi väl inte hålla på att kivas, utbrast Agneta. Det löste ju sig till sist för oss alla tre, eller hur? Nu ska vi sola och bada och äta god mat och ha det trevligt i en hel vecka. Ja, nästan en hel vecka i alla fall...

– Håller med, sa Monica för andra gången på kort tid. Förlåt mig Lena. Det var inte meningen att skylla på dig.

– Äsch, det är väl inget att hänga upp sig på. Nu ska vi bara hitta fram till stugan vi hyrt innan det blir alltför sent.

Hon startade bilen och svängde ut från parkeringsplatsen.

Stugan motsvarade förväntningarna med råge. Den låg lite för sig själv även om det inte var så värst långt till närmaste granne. De tre väninnorna konstaterade nästan med en mun att det hela var "perfekt".

De skrattade muntert åt varandras exakt lika sätt att uttrycka sig och Monica kände den där värmen från gången tid då de tre hållit ihop i vått och torrt. Hon insåg att detta var en av de saker som hon saknat även om hon kanske inte riktigt kunnat identifiera avsaknaden.

Den första kvällen i stugan blev nästan magisk. De hade handlat på vägen och kunde med gemensamma krafter ordna en middag i stugans minimala kök.

Kvällen var varm och vindstilla så de kunde sitta ute i de vitmålade trädgårdsmöblerna och bara njuta av den goda maten, det smakrika vinet och varandras sällskap till långt fram på natten. Ingen av dem ville vara den första som andades något om att det kanske var dags att få några timmars sömn innan utforskandet av Öland skulle ta sin början. Det var som om de helt plötsligt förflyttat sig ett antal år tillbaka i tiden, till den sorglösa ungdomstiden då det bara hade handlat om dem och det nu som de befann sig i.

Monica blev ändå den som gäspade först.

– Förlåt mig, sa han med ett urskuldande leende, men nu tror jag att det är dags att knyta sig. Det kommer förhoppningsvis en dag i morgon också...

De andra nickade.

– Tvivlar du på det?

Det fanns en uppriktig oro i Lenas röst. Monica mötte hennes blick.

– Man vet ju aldrig, sa hon. Om det är något som den senaste tiden lärt mig så är det att livet är osäkert...

Hon tystnade och tömde det sista som fanns kvar i glaset.

Snart sänkte sig nattens tystnad över stugan med de tre kvinnorna. Agneta och Lena delade på det större rummet så Monica fick husera ensam i ett mindre utrymme som inte gav plats för mycket mer än en säng.

– Du är ju mest van vid att ha det tyst omkring dig så det är väl bäst att vi gör så, hade Agneta resonerat när de gjorde upp om sovplatserna. Både Lena och jag är ju vana vid att ha någon mer i närheten när vi sover.

Det skulle jag kanske inte heller ha något emot, tänkte Monica, men hon sa inget. På nytt blev hon påmind om den ensamhet som trots allt var hennes lott i livet. Åtminstone som hennes liv och vardag såg ut just nu.

När hon låg där i sängen var det som om tröttheten avtog. Tankarna började på nytt mala inom henne även om hon inte ville det. De där tankarna som hon trodde att hon skulle kunna hålla ifrån sig om hon företog sig något helt annorlunda. De där funderingarna som hon borde kunna lägga till handlingarna vid det här laget. Även om svaren hon trodde sig ha fått kanske hade sina brister så skulle hon väl ändå kunna hålla till godo med dem, tänkte hon medan den befriande sömnen ändå till sist smög sig över henne.

– Hur går det med urmakaren egentligen?

Det var Agneta som inte kunde låta bli att ställa frågan när de satt vid frukostbordet. Att klockan närmade sig elva och solen stod högt på himlen hindrade dem inte från att kalla det frukost. Det var ju ändå dagens första måltid.

Monica svarade inte direkt. Hon hade förstås räknat med att frågorna skulle komma. Ingen av väninnorna, och speciellt inte Agneta, skulle kunna undvika ämnet särskilt länge. Kanske var det av omtänksamhet, men en viss portion nyfikenhet fanns det nog också.

Nu ryckte hon lite på axlarna.

– Uppriktigt sagt, så vet jag inte riktigt. Vi ses ju ganska ofta eftersom vi har våra arbeten i samma hus. Jag var faktiskt bjuden på hans femtioårsfest och vi har väl träffats någon gång utanför arbetet också. Men något bestämt, nej det kan jag inte påstå att det är mellan oss.

– Femtioårsfest! Så det är en så pass stadgad herre som kommit i din väg. Ja, varför inte. Du är ju snart ingen ungdom du heller.

Agnetas kommentar bar inga spår av hänsynsfullhet. Tvärtom fanns där en tydlig ton av retsamhet även om hon också kunde känna den kamratliga värmen i väninnans röst.

– Tack för den upplysningen, sa Monica med en tydlig grimas mot henne. Den värmde...

Agneta skrattade och även Lena föll in i munterheten.

– Ta det inte så allvarligt, sa Agneta. Om du börjar bli gammal så är du ju inte ensam om det. Vi råkar ju vara ganska jämngamla...

Monica skrattade också.

– Jag tog inte illa upp, sa hon. Tyvärr är jag väl medveten om att åren går. Ibland skrämmer det mig nästan, men för det mesta tänker man väl knappast på det.

– Jag håller med, sa Lena. När man ser hur barnen växer upp och hur föräldrarna åldras så påtagligt kan man inte låta bli att fundera lite djupare. Vad är livet egentligen? Vad är själva poängen med att vi finns här en tid?

Både Agneta och Monica reagerade på hennes ord. Det var tankegångar och uttryck som ingen av dem hört så direkt från henne tidigare.

– Värst vad du blivit filosofisk, sa Agneta efter en stunds tystnad. Först var det Monica och nu även du. Snart åker jag väl dit också...

Hon försökte få det att låta skämtsamt, men ingen av dem lät sig luras. Troligen inte hon själv heller, tänkte Monica.

Det blev ett ganska långt samtal omkring frukostbordet den första morgonen vid stugan på Öland. De tre kvinnorna upptäckte att de alla gått och burit på ungefär likartade tankar även om ingen av dem kanske velat erkänna det riktigt. Inte för varandra och knappast ens för sig själva.

När de en stund senare var på väg mot stranden där de tänkte tillbringa större delen av dagen kände Monica att den här semestern skulle komma att betyda en hel del för henne. Hon skulle ta vara på möjligheten att prata igenom saker och ting med Agneta och Lena. Det var på tiden att de fick veta lite mer om henne än vad de hittills känt till. Det gällde bara att välja rätt tillfälle att berätta.

Badvattnet var inte fullt så varmt som de hade hoppats, men de var inga badkrukor så snart var de alla tre i det våta elementet. Efter ett tag hade kroppen anpassat sig och det kändes riktigt behagligt. När de sedan låg på stranden och lät solen värma var avkopplingen total. Alla vardagens krav och måsten befann sig långt borta.

Det blev där på stranden som Monica började inviga sina allra bästa vänner i det som varit hennes mammas och hennes egen hemlighet. Den del av hennes liv som de aldrig haft en aning om.

När de senare på kvällen åter satt i de vita trädgårdsmöblerna och avnjöt Lenas patenterade fiskgryta föll det sig naturligt att samtalet fortsatte omkring Monica och hennes historia.

– Tänk att din mamma aldrig ville berätta, sa Lena. Att hon bara orkade bevara sin hemlighet. Vad tror du det var som gjorde det så omöjligt för henne att säga som det var?

– Jag vet inte, men kanske för att hon själv inte var riktigt säker. I boken som jag berättat om finns ju inget som man kan koppla till en viss person. Jo, att hon skriver om Tage har jag förstås förstått efter att ha träffat honom och hört hans version. Men vem som skulle kunna vara min riktiga pappa går inte att spåra. Kanske fanns det alternativ. Kanske var mamma aldrig riktigt säker...

Monica hejdade sig och kände hur hjärtat snördes samman vid tanken på Lilian, hennes älskade mamma.

135

– Kan det ha varit så? Det låter nästan osannolikt, utbrast Agneta. Nog måste hon väl ändå ha vetat vem som...

Hon tystnade och bet sig i läppen.

– Jag tänker nog så också, sa Monica, men ju mer jag har fått veta, ju osäkrare har jag blivit. Eller kanske säkrare på att det mycket väl kan ha varit så. Att det var osäkerheten som gjorde att mamma bestämde sig för att lägga locket på.

Hon tystnade och spärrade upp ögonen. Såg hon helt fel eller var det en bekant person som närmade sig grinden in till deras sommarparadis?

– Monica! Vad är det med dig?

Nittonde kapitlet

Både Agneta och Lena betraktade henne med en blandning av undran och oro tecknad i sina ansikten medan Monicas blick fortsatte att följa den mansperson som just passerade deras grind.

De vände blickarna åt samma håll och nästan samtidigt kom nästa fråga från dem båda:

– Är det någon du känner?

Monica nickade och kände hur lugnet återvände då den passerande inte verkade ha något ärende direkt till dem.

– Såg jag inte fel så var det någon från Kornlanda, sa hon och log lite även om hon kände att hjärtat fortfarande bultade extra snabbt. Jag hade väl knappast väntat mig att få se någon därifrån här, men egentligen är det väl inte så konstigt. Öland lockar ju en hel del från fastlandet.

– Du verkade väldigt överraskad.

Det var Agneta som inte ville släppa ämnet så snabbt och enkelt.

– Gjorde jag?

– Hmm. Vi såg ju att det var en man, fortsatte Agneta. Kanske var det en alldeles speciell man? Var det möjligen din urmakare?

Monica skakade på huvudet.

– Nej, det var inte Uno, sa hon. Det var någon annan som jag är lite mera flyktigt bekant med. Jag tror att det var han i alla fall.

– Du döljer något! Har du möjligen träffat någon annan som du blivit attraherad av kanske? Det syns på dig att det är något speciellt. Kom igen nu Monica! Håll oss inte på halster. Berätta vad som är på gång.

– Äh, det är väl inget särskilt. Förresten vet jag ju inte om det verkligen var han...

Hon hejdade sig.

– Så det finns ändå en "han". Någon annan än den där Uno. Det låter spännande. Jag ska hämta lite mer vin så kan du anförtro dig åt oss sedan.

Det var med en viss tvekan som Monica lät väninnorna ta del av det som hänt i hennes liv den senaste tiden. Ändå kändes det befriande på något sätt. Hon upplevde något av tryggheten i att ha någon att dela sina tankar och funderingar med. Även om både Agneta och Lena levde under helt annorlunda förutsättningar än hon själv kände hon att de förstod henne bättre än någon annan.

– Du ska väl knappast förvånas över om männen flockas omkring dig, sa Lena när Monica berättat om den påträngande Valter Lagberg, den försynte Uno Lövgren och den handlingskraftige Ragnar Skog. En så vacker kvinna i din ålder är det nog mer än en som drömmer om. Men jag måste säga att det verkligen är skillnad mellan dem som visat sitt intresse på olika sätt.

– Ja, flytten till Dörja verkar ha satt igång både det ena och det andra, fyllde Agneta i. Tänk att få träffa på sin egen mammas första kärlek och kanske få reda på vem som är ens biologiska pappa samtidigt som friarna dyker upp på löpande band. Det är ju som taget ur en roman...

Det blev tyst runt bordet några minuter. Det var som om de alla tre behövde varva ned.

När samtalet efter en stund fortsatte var det en lågmäld trio som fortsatte att filosofera omkring livet och de oförutsebara vändningar som det kan ta. Det handlade inte längre bara om Monica och allt det som just nu snurrade runt i den värld som var hennes. Både Agneta och Lena visade sig ha behov av att lufta sina egna liv och erfarenheter och det var Monica tacksam för. Hon hade en känsla av att alltför mycket kretsat omkring henne i samvaron med väninnorna.

När Agneta efter en stund gäspade stort insåg Lena att det kanske var bäst att göra henne sällskap även om hon kanske inte kände sig fullt så trött.

– Dags att sova kanske, sa hon och reste sig.

– Bra idé, gäspade Agneta. Luftombytet sätter sina spår.

– Jag kanske tar en liten kvällspromenad först, sa Monica som hade svårt för att få bukt med alla tankar som fortfarande for runt i hennes inre.

– Vill du vara ensam?

– Det blir nog bra.

Hon gick ut genom grinden och svängde åt samma håll som personen hon trott sig känna igen hade gått. Vare sig hon ville det eller inte kunde hon inte slappna av förrän hon gjort ett försök att skaffa sig klarhet.

Det låg ett flertal större och mindre stugor utmed den lilla grusvägen. De flesta såg ut att vara sommarstugor, men kanske fanns det några som mycket väl kunde användas för åretruntboende.

Monica gick sakta och tog sig tid att titta lite närmare in mot de olika husen. Där det fortfarande satt människor utanför husen försökte hon vara så diskret som hon bara kunde. Hon ville knappast bli uppfattad som en nyfiken förstagångsbesökare i området. Helst ville hon smälta in i omgivningen så ingen direkt lade märke till henne.

Plötsligt stannade hon ändå upp. Fast hon bestämt sig för att inte väcka uppmärksamhet lyckades hon inte behärska sig då Ragnar Skog dök upp bakom ett par buskar ganska nära vägen.

– Ragnar!

– Nej men, är det inte Monica! Vilken överraskning!

Rösten lät överraskad, men något sa henne att det var en spelad överraskning. Ragnar Skog visste redan att hon befann sig på ön.

– Ja, det får man verkligen säga, sa hon ändå och spelade med i hans teater. Så du har också tagit semester och åkt till Öland?

– Ja, det stämmer gott. Jag är här varje gång jag kan utverka lite längre ledighet från firman. Stugan är egentligen mina föräldrars, men de låter mig få disponera den mitt i sommaren. Ibland tittar de hit, men mamma är inte så pigg så de vill hellre hålla sig på hemhållet.

Han gjorde ett uppehåll och sköt upp grinden som de just nått fram till från varsitt håll.

– Kom in en sväng och se hur jag har det!

– Tack, men jag vet inte. Klockan är mycket. Jag tänkte bara ta en kort promenad före sängdags. Mina väninnor sover kanske redan.

– Så du är inte ensam här då? Det lät som det fanns en liten antydan till missräkning i hans röst. Hyr ni någon stuga tillsammans här i närheten? Eller är det kanske någon av er som äger en stuga här?

– Nej, vi hyr. Det är första gången jag är här och det är nog första gången för de andra också.

– Öland är fantastiskt! Har man varit här en gång längtar man alltid tillbaka.

– Kanske är det så. Det återstår att se när veckan är slut.

– Jag lovar, sa Ragnar med ett brett leende. Kanske får jag hjälpa till lite på traven. Vad sägs om middag i morgon kväll. Jag vet en underbar fiskrestaurang inte så långt härifrån. Dina väninnor klarar sig väl själva några timmar...

Monica tvekade men kände samtidigt att det skulle verka oartigt att tacka nej. En middag kunde väl inte göra någon skada?

– Tack, sa hon. Det kan jag inte tacka nej till. När?

– Kom åt det här hållet vid sjutiden. Det är promenadavstånd.

Monica nickade och fortsatte sin promenad. Hon kände Ragnars blickar i nacken, men vände sig inte om. Det fick väl vara någon måtta på artigheten, tänkte hon.

När hon några minuter senare passerade huset på väg tillbaka kunde hon konstatera att det var tomt i trädgården.

För att inte ta några risker att på nytt bli uppehållen skyndade hon på stegen och var snart tillbaka vid grinden in till deras eget semesterparadis. Inom henne gnagde en liten oro. Hon var inte helt säker på att det var så klokt att tacka ja till Ragnars invit. Troligtvis drog han sina egna slutsatser och de låg nog inte helt i linje med hennes.

Men gjort var gjort och nu skulle hon inte låta nattsömnen störas av ett förhastat beslut. Det var ju ändå ingen katastrofvarning kopplad till herr Skogs erbjudande. Ibland fick hon en känsla av att hon förstorade upp även det mest vardagliga.

Det var tyst i huset när hon försiktigt öppnade dörren och smög sig in för att göra sig klar för natten. Svagt kunde hon höra de lugna andetagen från Agneta och Lena.

När hon några minuter senare sträckte ut sig i den smala, men ändå ganska bekväma, sängen dröjde det inte länge förrän även hon befann sig i sömnens rike.

Tjugonde kapitlet

Trots den något sena timmen kvällen före var det ändå Monica som var först uppe och laddade kaffebryggaren. Efter en drömlös natt kände hon sig beredd att ta sig an vad den nya dagen än kunde ha att erbjuda.

Vid frukostbordet diskuterade de tre igenom olika alternativ för dagens aktiviteter. Ingen av dem ville bara ligga på stranden även om vädret inbjöd till det.

– Vi måste ju passa på att se oss omkring. Öland är ju fullt av olika sevärdheter, sa Agneta och lät mycket entusiastisk. Vi kan väl ta bilen och åka en runda.

– Norrut eller söderut? Det var Monica som ställde frågan.

– Spelar väl inte så stor roll, inföll Lena. Åker vi norrut idag kan vi ju åka söderut en annan dag. Vi har ju faktiskt flera dagar på oss.

– Ska vi ta med matsäck, eller ska vi räkna med att köpa vad vi behöver utefter vägen?

– Vi köper! Det blir så kladdigt om man ska ha med sig smörgåsar i den här sommarvärmen.

– Avgjort! Då är frågan vad man behöver ha med sig i klädväg. Räknar vi med att vara borta hela dagen? Kanske stanna till på någon restaurang framåt kvällningen eller så?

Monica kunde inte hålla tillbaka en djupare inandning vid Agnetas senaste fråga.

– Hoppsan! utbrast Agneta som inte missade något. Passar det inte damen att vara borta hela dagen kanske? Vad hade du för ärende i går kväll egentligen?

Monica kände att hon rodnade.

– Okej, sa hon. Jag råkade faktiskt stöta ihop med en bekant när jag gick min kvällspromenad. Det var inte planerat, men så blev det. Då blev jag inviterad till en middag ikväll och jag tyckte inte att jag kunde tacka nej. Hoppas att ni inte blir alltför besvikna på mig för det...

Agneta gjorde en liten grimas, men hon log samtidigt brett mot Monica.

– Grattis, sa hon. Är det fler beundrare på gång kanske...

Monica skakade på huvudet, men brydde sig inte om att svara. Allt behövde hon väl ändå inte redovisa.

– Men då ska vi ändå se till att vi är hemma i tid så du inte missar middagen med den eller de som du ska tillbringa kvällen tillsammans med, fortsatte Agneta. Det är inga problem för min del...

– Inte för mig heller, sa Lena. Jag tänker verkligen inte försöka sätta några käppar i hjulet. Men lite nyfiken får man väl ändå vara.

Monica skrattade.

– Jag kanske berättar sedan, sa hon. Nu ska vi ägna dagen åt att upptäcka en del av Öland.

När de tre kvinnorna framåt eftermiddagen på nytt svängde in på stugtomten var det ganska tyst i bilen. Dagens resa hade gett dem så många varierande intryck att det krävdes tid och tystnad för att smälta alltsammans. Ingen av dem kände något större behov att prata bara för pratandets egen skull. Lena och Agneta hade bestämt sig för att

144

ordna något eget i stugan. De satte igång med sina förberedelser medan Monica gjorde sig iordning för kvällens middag.

När det var dags för henne att ge sig av fick hon en kram av Agneta samtidigt som denna viskade i hennes öra:

– Slappna nu bara av och var dig själv. Det syns lång väg att du är spänd inför kvällen.

Monica besvarade kramen.

– Tack, viskade hon. Jag ska försöka.

Hon vinkade en extra gång när hon klev ut genom grinden för att gå den korta biten bort till Skogs sommarstuga. Det kändes annorlunda den här gången jämfört med midsommaraftonen. Då hade hon känt sig avslappnad och bara sett fram emot några trivsamma timmar. Men efter den där kyssen på trappan var det som om allt blivit mera komplicerat. Inom henne projicerades bilden av Uno Lövgren och hon kände en kluvenhet som var svår att hantera.

Ragnar Skog satt i en trädgårdsstol och väntade när hon kom. Grinden stod öppen och han vinkade åt henne att komma in.

– Punktlig som en klocka, log han och reste sig från stolen för att fatta hennes hand och trycka en kyss på densamma.

Monica bara log ett svagt leende till svar, men kände samtidigt hur de vardagliga orden stack till i hennes inre. Ordet "klocka" förde direkt hennes tankar till urmakare Lövgren. På nytt blev hon påmind om att det fanns all anledning att inte invagga Ragnar Skog i några falska förespeglingar. Visst var han attraktiv. Visst borde han räknas som ett mycket gott parti för vem som helst i hennes ålder och situation. Nog fanns det kvalitéer hos honom som motsvarade de behov och den allt starkare längtan som fanns hos henne. Men ändå fanns där ett "men".

– Du ser lite fundersam ut, sa Ragnar och betraktade henne med rynkad panna. Är det något särskilt som tynger dig? Har det hänt något?

Monica skakade på huvudet.

– Oh, nej, sa hon. Det var bara några förflugna tankar som råkade passera. Du vet kanske själv hur det är. Tankarna kommer och går lite som de vill ibland.

Ragnar skrattade.

– Så kan det vara, sa han. Men nu har du ju semester och ska väl försöka koppla bort så mycket som möjligt av det som vanligtvis pockar på din uppmärksamhet...

Monica nickade.

– Det har du alldeles rätt i. Ska vi gå?

Ragnar nickade också och tog henne under armen. Han stängde grinden efter dem och så var de på väg mot restaurangen.

Det blev en lyckad kväll. Maten var, precis som Ragnar utlovat, alldeles enastående god. Vinet som serverades höll högsta klass och Monica hade ingen anledning att klaga på bordssällskapet heller.

Ragnar Skog var en man som kunde föra sig. Han berättade en del från sin ungdom och blandade dessa historier med lite nyare upplysningar omkring stugan på Öland och de återkommande vistelserna där. Vissa luckor i livshistorien kunde ändå Monica ana.

Själv bidrog hon på sitt sätt. Mest med frågor som uppmuntrade honom att fortsätta, men också med lite tankar och reflektioner som hon förstod att han uppskattade.

Om det hade förekommit några djupare relationer med det motsatta könet i det liv som Ragnar lät henne få del av var kanske det största frågetecknet. Det var nog där som de där luckorna uppstod... Att en man som Ragnar Skog skulle ha framlevt hela sitt hittillsvarande liv utan någon längre eller kortare romans kunde hon inte tänka sig. Därtill var han alltför social och till på köpet bärare av ett antal manliga attribut som säkert tilltalat mer än en av de kvinnor som måste ha funnits i hans nära omgivning. Långt därinne kände Monica den attraktion som fanns i sällskap med mannen på andra sidan bordet.

Middagen drog ut på tiden. Det fanns inget som stressade en kväll som denna. Luften var varm och det öländska ljuset dröjde sig kvar. Huvudrätt, dessert och därtill kaffe med tillhörande avec krävde sin tid för att avnjutas.

Det började glesna runt borden innan det var dags för Monica och Ragnar att resa sig och styra kosan hemåt.

– Tack så väldigt mycket för allt det här goda, sa Monica och mötte hans blick. Hon kände sig nästan lite yr efter att ha suttit så länge och kanske konsumerat lite mer av restaurangens starkvaror än hon vanligtvis brukade göra.

Ragnar, som såg hennes belägenhet, bjöd henne armen när de tillsammans lämnade matstället bakom sig. Monica var tacksam för det lilla stödet som det innebar och kände hur hon snabbt återfick sin balans.

De gick tysta.

Framme vid Ragnars grind stannade han till och fäste blicken på henne.

– Vill du se hur jag har det?

Hon blev inte överraskad av frågan även om hon helst hade sluppit få den. Under den korta vandringen hade hon funderat över ett antal olika varianter av svar på en liknande fråga. Något som inte fördärvade den trevliga kvällen, men som ändå gav henne chansen att fortsätta hem till stugan och väninnorna.

– Jag... började hon lite tveksamt, men kom inte längre förrän hon kände hur greppet om hennes arm hårdnade.

– Inga dumma undanflykter nu, sa Ragnar och i hans ögon fanns en glimt som hon inte kände igen från sina tidigare möten med honom. Klart att du ska ta en titt inuti huset. Det kan hända att jag har en skvätt av något gott att avsluta kvällen med...

Monica hade varken kraft eller mod att ha en avvikande mening utan följde med in mot den vackra sommarstugan.

Inom henne kämpade motstridiga viljor om herraväldet. En del av henne protesterade mot mannens sätt att behandla henne. En annan del kände en smygande längtan efter att komma närmare, att bli mera intim med den reslige och bildsköne mannen som inviterat henne på detta sätt.

I hennes tankevärld flimrade en massa bilder förbi som en lite skakig gammal filmsekvens.

Medan Ragnar resolut förde in henne i huset såg hon bilder av sin mamma i olika tappningar. Som den unga Lilian på Lagbergs gård i Dörja, som den ensamma mamman på flykt från allt och alla och som den döende kvinnan i sjukhussängen.

I sitt lite dimmiga tillstånd såg hon även sig själv i olika situationer. Hon såg den lilla flickan som började ana att allt inte var riktigt som hon trott. Hon såg den unga kvinnan som skapade sin egen framtid genom hårt arbete och näst intill obegränsad tillgång till ekonomiska möjligheter. Hon såg den lite mer mogna kvinnan som på nytt vände åter till barndomens stängda dörrar. Hon såg den kvinna som hamnade i olika besvärliga situationer och som kände ett starkt behov att både gräva djupare och att lyfta blicken.

Som liksom saknade den riktigt jordnära och trygga förankring som hon innerst inne längtade efter.

För sin inre blick såg hon Tage Persson och hans ansikte uttryckte en tilltagande oro. Uno Lövgrens lite forskande, men framförallt uppskattande och ängsligt längtande, ansiktsdrag for förbi för att snabbt ersättas av Arvid Svenssons både knipsluga och inträngande blick.

När Ragnars heta och pockande läppar sökte hennes var hon delvis i en helt annan värld.

Tjugoförsta kapitlet

När Monica vaknade till en ny dag hade hon en sprängande huvudvärk. Förvånat såg hon sig omkring när hon upptäckte att hon låg i en soffa med en pläd över sig.

Var är jag, tänkte hon och kände sig alldeles vilsen innan blicken lyckades fokusera på de ting som fanns i hennes närhet. Där låg hennes kjol och blus på bordet alldeles intill och nedanför soffan stod hennes skor.

Sakta satte hon sig upp och insåg att hon tydligen övernattat i Ragnar Skogs sommarstuga. Tankarna fick göra flera loopar innan hon kom ihåg gårdagens upplevelser och orsaken till att hon nu vaknade där hon absolut inte borde vara.

Det var tyst i huset. När hon lyssnade intensivt kunde hon ändå höra tunga andetag från ett angränsande rum. Så de hade inte somnat i samma säng i alla fall, tänkte hon.

Hon drog på sig sina ganska skrynkliga kläder och trädde fötterna i skorna för att sedan så tyst hon kunde smyga ut ur huset.

På allt annat än lätta fötter tog hon sig den korta vägsträckan till stugan där hon borde ha sovit även den natt som nu i stort sett låg bakom. Dörren var olåst när hon nådde fram så hon kunde ta sig in utan att störa Agneta och Lena.

Försiktigt tog hon de få stegen genom köket och in till sitt eget lilla krypin, men just som hon trodde att hon lyckats komma hem obemärkt hörde hon lätta steg bakom sig och någon som harklade sig lite lätt. Nät hon vände sig om stod Lena där och betraktade henne med ett frågande uttryck i ansiktet.

– Monica! Vad gör du uppe vid den här tiden? Mår du inte bra? Har du... har du inte sovit alls i natt?

Hon mötte väninnans blick och försökte att inte slå ned blicken.

– Jag, började hon. Jag ska förklara sedan, men nu måste jag bara...

Hon pekade mot sängen och Lena nickade vilket Monica tolkade som att hon tydligen förstod.

Ett par timmar senare slog Monica upp ögonen och kände sig utvilad. Det var tyst i huset, men svagt kunde hon uppfatta rösterna från trädgården. Agneta och Lena hade tydligen bestämt sig för att låta henne sova ut, tänkte hon och kände ett litet sting av självförebråelse.

– Se där har vi nattramlaren, sa Agneta med ett mångtydigt leende när Monica gjorde dem sällskap vid frukostbordet. Jag hoppas att du är hungrig nu när vi ansträngt oss lite extra.

Hon pekade på det omsorgsfullt dukade bordet.

– Mm.

– Sätt dig och ät nu, sa Lena och gav henne en hastig klapp på kinden. Sen kan vi väl resonera lite om våra planer för den här dagen.

– Mm, sa Monica för andra gången.

– Inte särskilt mångordig idag, sa Agneta och hennes ansiktsuttryck kunde inte dölja den nyfikenhet som fanns där. Det måste verkligen ha varit en helkväll igår, eller hur?

– Mm.

Monica visste inte hur hon skulle hantera gårdagens upplevelser. Hon var ju inte ens riktigt säker på hur kvällen slutat...

De åt under tystnad och sakta kände ändå Monica att livet började normaliseras igen. Det som hänt, det som kanske hänt och det som kanske inte alls hade hänt fick sina rätta proportioner. Huvudvärken hade nästan helt försvunnit.

– Ikväll är det väl inte nån av oss som har något speciellt inbokat, sa Agneta när de hjälptes åt att bära in disk och annat som blivit över.

Monica försökte värja sig för piken, men kände ändå att nu måste hon bjuda till lite extra. Hennes goda vänner skulle inte behöva bli besvikna på henne en gång till.

När ingen av de andra svarade fortsatte Agneta:

– Då föreslår jag en tur till Långe Erik och Trollskogen. Det ska vara något alldeles speciellt med den delen av ön. Så sa i alla fall en av mina arbetskamrater när jag antydde att vi kanske skulle åka hit.

– Låter jättebra, sa Monica och kände att hon kanske lät en aning överdrivet entusiastisk. Jag har också hört talas om den delen av Öland. Om ni inte har något emot det skulle jag vilja bjuda er båda på middag framåt kvällen. Det finns säkert något bra matställe utmed vägen.

– Tackar, tackar, sa Lena.

– Jag hoppas att du inte känner att du måste göra något extra med tanke på igår, sa Agneta. Vi har ju inga sådana förpliktelser mot varandra.

– Inte alls, svarade Monica snabbt. Jag hade faktiskt tänkt tanken innan vi ens hade kommit iväg hemifrån.

Hon mötte Agnetas blick utan att blinka.

– Men det skulle vara intressant att få en liten resumé från gårdagen ändå...

Det gick inte att ta miste på nyfikenheten i Agnetas blick.

Monica insåg att hon inte hade något val. Hon måste nog låta väninnorna få del av hennes upplevelser föregående kväll. Men kanske skulle det vara lite lättare att berätta medan de vandrade i den trollskog som enligt uppgift skulle finnas däruppe i norr.

Tills de var där fick de andra faktiskt ge sig till tåls.

Det vackra vädret höll i sig. Bara en svag vind som sakta drog genom den sagolika skogen när de sakta strosade på de väl upptrampade stigarna. Murgrönan slingrade sig runt de gamla och knotiga träden och gav en känsla av att vandra i en riktig trollskog.

– Skulle inte bli så förvånad om någon med stora öron och svans kikade fram bakom ett träd, sa Lena med låg röst. Inte konstigt alls att den här delen av ön har fått sitt namn. Känner ni inte vingslagen från en svunnen tid, från en annan värld?

De andra båda log åt hennes inlevelse, men var samtidigt beredda att hålla med henne.

Snart ljusnade skogen och de närmade sig den strandremsa där det, enligt uppgift, skulle finnas resterna av ett gammalt skeppsvrak.

– Titta där är det!

– Här måste vi ta ett kort!

– Skulle vara roligt om vi kunde vara med alla tre på samma kort, sa Monica och såg sig omkring för att se om det fanns någon lämplig fotograf att anlita.

Det hördes röster strax bakom dem och ut ur skogen kom ett gäng uppsluppna ungdomar.

Perfekt, tänkte Monica och gick dem till mötes med kameran i högsta hugg.

– Vill ni ha hjälp?

Det var en leende flicka som ställde frågan.

Monica nickade.

– Väldigt gärna!

Flickan tog kameran från Monica och de tre ställde upp sig med armarna omkring varandras axlar framför det gamla fartygsskelettet.

– Det här blir något att ha som minne från en ölandsresa som vi säkert ändå inte kommer att kunna glömma i första taget, skrattade Agneta. Du har väl inte glömt att du har saker att berätta för oss Monica?

Monica ryckte lite på axlarna.

– Tack för hjälpen, sa hon till flickan när hon fick tillbaka kameran. Jag kanske kan göra en gentjänst nu med en gång.

Hon pekade på den lilla kameran som flickan hade i ett band runt handleden.

Hela det levnadsglada gänget trängde ihop sig framför samma bakgrund medan Monica knäppte ett par bilder.

Strax intill båtresterna hittade de ett lämpligt ställe att slå sig ned på och avnjuta den goda lunchen som den förutseende och omtänksamma Lena hade ordnat innan de åkte från stugan.

Solen värmde och de njöt i fulla drag av maten, av omgivningen och av gemenskapen med varandra.

Här fanns absolut inget som skulle kunna kopplas samman med trolltyg eller annat ljusskyggt. Det var bara inom Monica som ett litet spöke från gårdagen envisades med att inte lämna henne någon riktig ro. Det skulle väl inte ge sig förrän hon lättat sitt hjärta inför sina allra bästa vänner.

Hon slöt ögonen och så började hon berätta om sin upplevelse föregående kväll. Det blev kanske inte riktigt som hon hade tänkt från början. Hon utelämnade en hel del och försökte göra en sammanfattning som kunde godtas av de ivrigt lyssnande väninnorna.

Den nakna sanningen var ju faktiskt den att hon inte visste riktigt själv hur kvällen till sist hade slutat.

Men det kunde hon bara inte erkänna inför Agneta och Lena.

Tjugoandra kapitlet

Hemma i Larssons igen låg Monica på alla fyra vid husets ena gavel och försökte slita upp en del växter som hon absolut trodde kunde betraktas som ogräs. Medan fingrarna slet och drog och svetten pärlade sig i pannan snurrade tankarna på ett helt annat håll.

Det var nu snart en vecka sedan de återkommit från sin semesterresa och hon hade hunnit lämna in filmen för framkallning i den lilla fotoaffären som låg bara ett stenkast från hennes kontor. Hon såg fram emot att få se bilderna som hon tagit. Det var alltid lika spännande att se hur hon lyckats med sin fotografering. Hon var väl medveten om att hon inte var någon mästerfotograf, men en bra kamera och goda förhållanden räckte ofta ganska långt.

Det hade inte blivit så värst många bilder genom åren och ibland ångrade hon att hon inte varit lite flitigare med kameran. Hon hade ju inte varit så värst gammal när hon fick sin första kamera i jul-klapp. Men nog fanns det en del minnesbilder i de album som hennes mamma hjälpt henne att skapa under uppväxtåren.

Tanken på kameran fick henne att hastigt resa sig för att strax därefter återvända med den. Hon knäppte några bilder runtom i trädgården och på huset. Det kunde ju vara roligt att ha något att jäm-föra med efter några år. För att kunna se om hen-nes möda satt några spår.

Ölandsvistelsen kom åter i hennes tankar och hon satte sig på trappstenen för att pusta lite medan funderingarna gick som varmast därinne i hjärnkontoret.

Speciellt var det förstås den där kvällen med Ragnar Skog som bet sig fast i hennes tankevärld. Hon ville lämna den bakom sig, men ändå fanns den där som en tagg långt därinne.

Hon hade anat att varken Agneta eller Lena köpt hennes historia rakt av, men ingen av dem hade försökt pressa henne på mera detaljer och det var hon tacksam för. Den egna ovissheten hade ändå varit tillräckligt irriterande.

Hon hade känt ett allt starkare behov av att verkligen få veta vad som egentligen hänt. Hon trodde väl inte att det skulle ha kunnat hända så särskilt mycket, men ändå ...

Dagen innan de skulle lämna stugan och ön hade hon fattat sitt beslut. Hon skulle helt enkelt söka upp Ragnar och försöka få svar på sina funderingar. Det fick kosta vad det ville, men hon var beredd att göra sig till åtlöje. Om han bara skrattade bort alltsammans så fick han göra det. Då fick hon ändå svar på en annan av sina ständigt återkommande frågeställningar.

– Jag tar en liten promenad, hade hon sagt till sina väninnor när hon packat färdigt allt det som kunde packas ned i förväg. Jag blir nog inte borta så länge.

– Ta den tid du behöver, hade Lena svarat och något i hennes röst talade om för Monica att väninnan anade vad som låg bakom behovet av en promenad.

– Kom hem innan vi behöver efterlysa dig, hade Agneta sagt med en blinkning.

157

Hon hade inte gått direkt åt det hållet där Ragnars stuga låg utan hittat en omväg för att på något sätt låta väninnorna tro att hon inte hade ett speciellt ärende. Det innebar att hon hade närmat sig Skogs sommarstuga från den sida som vette in mot skogen.

Trots att hon känt sig lite obekväm med tillvägagångssättet hade hon inte kunnat låta bli att spana lite in mot huset innan hon kom alltför nära. Huset hade verkat väldigt tyst och övergivet varför hon klivit in i trädgården och rundat knuten för att komma till den rätta ingången.

Hon hade knackat flera gånger, men ingen hade kommit för att öppna. Inte ett ljud hade hon kunnat höra därinifrån.

Just när hon bestämt sig för att lämna huset hade hon hört en röst från staketet som skilde Ragnars tomt från granntomten.

– Han är nog inte där, hade kvinnan som rösten tillhörde sagt och nickat åt huset. Han for iväg för ett par dagar sedan. Verkade ha fått väldigt bråttom. Han brukar ju annars vara här lite längre, men det hade kanske hänt något...

Kvinnan hade tittat ganska ingående, nästan stirrat på henne. Precis som om hon visste mer än hon ville säga. Ja, nästan som om hon kopplade samman Ragnars hastiga avfärd med henne, Monica!

Kanske hade hon sett dem den där kvällen.

Kanske hade hon till och med sett när Monica smög iväg från huset tidigt på morgonen.

Kanske hade hon lagt ihop ett och ett...

Monica hade känt sig avslöjad och utlämnad inför den andra kvinnan. Hon hade inte vetat riktigt vad hon skulle säga eller hur hon skulle bete sig. Utan att kommentera kvinnans ord hade hon bara nickat mot henne och dragit sig mot grinden för att så fort som möjligt komma bort från både stugan och kvinnan.

Snopet hade det varit i alla fall.

Nu visste hon ju inte mer än tidigare. Till råga på allt kanske Ragnar återvände snart och fick veta att hon varit där och knackat på. Med en sådan granne var det nog mycket troligt!

Därför skavde fortfarande der där kvällen med Ragnar Skog inom henne. De första dagarna hemma hade hon nästan väntat sig att han skulle höra av sig. Varje gång telefonen ringt hade hon ryckt till och undrat om det möjligen var han. Även om hon inte ville erkänna det riktigt för sig själv hade hon blivit en liten aning besviken varje gång.

Precis när den tanken for genom hennes hjärna ringde telefonen.

Hon skyndade sig in och kände hur hjärtslagen ökade medan hon grep luren.

– Monica Björkengren!

– Hej Monica! Så du är hemma från semestern nu? Jag hoppas att du har haft det bra.

– Hej Uno! Jo, jag har varit hemma nästan en vecka nu. Tillbaka i det gamla vanliga även om jag inte börjat arbeta. Men semestern var bra. Vi hade ju tur med vädret och Öland var verkligen fantastiskt. Dit kan man nog tänka sig att återvända.

– Jaa, joo, sa Uno och lät lite tveksam på rösten. Joo, det kan kanske vara så.

– Har du varit där?

– Ja, det har jag. Ett par gånger.

– Men visst är det underbart vackert där? Vi hann ju bara se en del av ön, men det vi såg gav verkligen mersmak, det måste jag säga.

Det blev tyst en stund.

– Hallå, är du där?

– Jodå, sa Uno. Jag... jag hörde att du träffat Ragnar Skog. Eller att Ragnar träffat dig skulle man kanske säga...

Det högg till i hjärttrakten på Monica.

Vad skulle det här betyda?

– Jo, det stämmer. Inte visste jag att han hade en stuga där precis i närheten av stugan som vi hyrde. Jag blev riktigt överraskad, får jag nog säga.

– Det verkade han ha blivit också. Om man nu får tro på allt vad han säger. Jag känner ju honom sedan vi var barn så jag brukar vara lite skeptisk till hans historier.

Uno hostade lite lätt och ursäktade sig.

– Förlåt, sa han. Jag ska väl inte försöka påverka din bild av den mannen. Roligt i alla fall att du är nöjd med semestern tillsammans med dina väninnor. Vi ses väl snart hoppas jag. Eller hur länge tänker du ha semesterstängt?

– Jag börjar på måndag.

– Då ses vi kanske.

– Det gör vi säkert. Tack för att du ringde.

– Ja, hej då!

Monica blev sittande med luren i handen långt efter att Uno lagt på. Inom henne rasade motstridiga känslor och frågetecknen hopade sig.

Hade Uno och Ragnar alltså träffats efter det att Ragnar hastigt och lustigt lämnat Öland och åkt hem? Så måste det ju varit eftersom Uno visste att hon varit på semester. Konstigt nog hade det aldrig blivit tal om den planerade semesterresan dem emellan.

Men vad hade Ragnar Skog dragit för historia för Uno? Vad hade han sagt om deras sammanträffande på Öland?

160

"jag brukar vara lite skeptisk till hans historier". Var det verkligen så Uno hade uttryckt sig?

Men visst var väl Ragnar och Uno goda vänner sedan lång tid tillbaka? Eller var de kanske inte så goda vänner som hon kanske hade trott när hon träffat Ragnar på Unos femtioårsfest?

Vad hade de för relation till varandra egentligen?

Hade de varit vänner men börjat ana ett konkurrensförhållande?

Tjugotredje kapitlet

När söndagsmorgonen kom kände Monica ett starkt behov av att uppsöka en plats där hon kunde sitta ned i stillhet. Hennes första tanke var att hon skulle bevista gudstjänsten i kapellet, men efter att ha funderat på saken lät hon den idén falla. Det fick bli sockenkyrkan istället. Inte för att hon visste hurdan församlingsprästen var men hon tänkte att hon kanske skulle kunna vara lite mer anonym där. I kapellet kändes det lite mera utsatt.

Hon hade sett i tidningen att det var annonserat högmässa i kyrkan. Hon var inte riktigt säker på vad det innebar, men någonstans i bakhuvudet hade hon för sig att det hade något samband med nattvardsfirandet.

Nåja, det skulle väl visa sig, tänkte hon, och jag behöver ju inte deltaga i det där även om jag är med i kyrkan...

Hon tittade på klockan och fann att hon hade gott om tid. Kanske skulle hon ta cykeln. Kanske skulle hon hinna med en snabbvisit hos Arvid också.

Det kändes bra att inte fundera för länge över fördelar och nackdelar. Att bara bestämma sig och direkt sätta planen i verket.

Sommarvärmen hade dragit söderöver och lämnat ett mera kyligt väder efter sig.

Hon lyfte blicken och såg mot den molniga himlen medan hon trampade den vägsträcka som började bli ganska välbekant för henne nu. Inte för att hon cyklat där så många gånger, men hon hade ändå haft ärende åt det hållet ganska ofta.

Hon sneglade lite in mot Bertas affär som förstås var stängd den här dagen. Hon tyckte sig ana någon bakom gardinen i ett av fönstren på andra våningen men var inte helt säker. Det hade kanske ändå inte med henne att göra. Att hon råkade passera just som Berta eller kanske Allan tittade ut var väl inget att fördjupa sig i.

Arvid satt i sin stol vid fönstret när hon kom in. Hans ansikte sprack upp i ett snett leende när han fick se vem det var som knackade på.

– Monica, sa han och ögonen fylldes av tårar. Välkommen Monica!

Hon gav honom en varm kram och drog fram den andra stolen som fanns i rummet.

– Förlåt att jag inte varit här på ett tag, sa hon och strök honom över den orakade kinden. Men jag har varit på semester och så har det varit en del annat att göra där hemma.

– Du behöver inte ursäkta dig, sa Arvid och grep hennes hand. Jag blir bara så glad när jag får se dig. Jag... jag kan knappt tro att det är sant att du finns här hos mig. Att... att du kommer och hälsar på en gammal gubbe som mig ...

Orden stockade sig nästan i halsen på honom och han måste leta upp en näsduk för att torka tårarna och snyta sig ordentligt.

– Inte vilken gammal gubbe som helst, sa Monica och fortsatte att stryka honom över kinden. Sannerligen inte vilken gammal gubbe som helst.

Det var tyst en stund i rummet.

– Hur mår du annars, frågade Monica. Jag tycker att du har magrat. Du äter väl ordentligt?

Arvid småskrattade.

– Jadå mamma, sa han och det där knipsluga lilla leendet letade sig fram ur ögonvrån. Men det är som om det inte hjälper riktigt. Jag blir bara tröttare och tröttare tycker jag. Det är nog snart slut med gubben.

– Men så får du inte säga! Monica kunde inte hjälpa att rösten darrade. Du får inte ge upp livet nu. Du måste finnas kvar. Jag behöver dig!

Hon ansträngde sig för att inte börja gråta.

– Seså! Nu ska vi inte fördjupa oss i en framtid som vi inte vet något om. Nuet är ändå bara allt det vi har.

Arvids röst hade en annan klang och blicken han fäste på Monica var fylld av både tillrättavisning och kärlek.

– Du har rätt, sa hon. Du har absolut rätt. Det gäller att ta vara på den tid man har. Jag lovar att försöka göra det.

– Bra, sa Arvid.

En blick på klockan talade om för Monica att det var dags för henne att fortsätta om hon inte ville komma i absolut sista minuten till kyrkan. En tanke slog henne.

– Jag tänkte gå på gudstjänsten i kyrkan, sa hon. Du kanske skulle vilja följa med? Jag kan köra dig i rullstolen för du orkar väl knappast gå så långt.

Arvid ryckte till lite och fick ett fundersamt uttryck över ansiktet.

– Nja, sa han. Nej, det tror jag inte. I alla fall inte idag. En annan gång kanske.

Monica nickade.

– Ja, det kom kanske lite hastigt på. Men jag hade ändå tyckt att det hade varit roligt att besöka kyrkan tillsammans med dig.

Hon böjde sig fram och tryckte en kyss på hans skäggiga kind och förde sedan munnen till hans öra där hon viskade några ord som fick hans ögon att på nytt fyllas av tårar.

– Monica lilla. Monica lilla, mumlade han och följde henne med blicken när hon försvann ut genom dörren.

Samlingen i kyrkan kändes som ett bra tillfälle att på något sätt landa mjukt tyckte Monica. Den strikta gudstjänstordningen, prästens lite entoniga men ändå behagliga röst, kyrkokörens tonsäkra framförande av de gamla texterna, alltsammans var som balsam för hennes inre. Hon kände sig som inbäddad i något mjukt och varmt där hon satt helt ensam i den bänk som hon valt.

När det inbjöds till nattvarden tvekade hon först, men så bestämde hon sig och slog följe med ett par som satt på motsatta sidan.

Av en händelse gjorde hon sällskap med samma par ut från kyrkan och fann det oartigt att inte hälsa och säga några ord.

– Visst är det du som flyttat in i Larssons, sa kvinnan, som kunde vara i ålder med Berta Ohlsson, och gav henne ett varmt leende. Jag tror bestämt att vi sågs på Lagbergs sommarfest förra året. I år hade vi inte möjlighet att vara med, men du var kanske där...

Monica återgäldade leendet.

– Det stämmer, sa hon. Att jag bor i Larssons menar jag. Ja, jag var med i Lagbergs trädgård i år också. Tillsammans med Tage Persson.

Den upplysningen hade en märklig effekt på både kvinnan och mannen som ännu inte hunnit presentera sig.

– Tage Persson!

165

Namnet uttalades ungefär samtidigt av de båda makarna.

Monica tittade lite förvånat på dem vilket fick dem att försöka förklara sig.

– Du undrar förstås över vår reaktion, sa mannen. Vi skulle kanske presentera oss nu när vi ändå pratas vid. Jag heter Harald Berg och det här är min fru Ingeborg.

De hade hunnit ut till kyrkogårdsgrinden under tiden de pratat med varandra och stannade upp precis utanför vid muren.

– Ja, vi känner Tage ganska väl, fortsatte nu Ingeborg. Vi känner förstås Lagbergs också och hade nog inte kunnat tänka oss att Tage skulle ha fått en inbjudan dit.

Monica skakade på huvudet.

– Det fick han inte heller, sa hon med ett litet leende. I alla fall inte från Valter Lagberg eller Berta Ohlsson. Det var jag som bad honom att följa med mig. Jag ville inte gå ensam den här gången och frågade helt enkelt om jag fick ta med mig en god vän.

Makarna Berg sprack upp i varsitt leende.

– Så de visste inte att det var Tage?

– Nej, inte förrän vi var där.

Nu skrattade Harald Berg. Ett riktigt bullrande skratt.

– Vi skulle ha varit där, sa han vänd mot sin fru. Vi gick tydligen miste om något alldeles speciellt.

Ingeborg nickade.

– Men hur avlöpte det hela?

– Nja, det gick väl ganska bra. Ni känner förstås till att Tage drabbats av talsvårigheter. Han håller ju på att återhämta sig, men det fungerar inte alltid så bra. Så det blev inte så mycket sagt dem emellan.

– Det visste vi inte, sa Harald. Det är faktiskt ett bra tag sedan vi hade någon kontakt med Tage. Vad var det som hände?

Monica berättade i korta ordalag om hur hon hittat Tage vid köksbordet och hur det hela utvecklats.

– Du verkar vara en riktigt god vän till Tage, sa Ingeborg. Ni är kanske släkt på något sätt? Fast du är ju inte härifrån efter vad vi hört. Även om jag tycker att det finns något så bekant över dig när jag ser dig så här...

Monica ryckte till.

– Nej, vi är nog inte släkt, sa hon. Det har bara blivit så att jag och Tage funnit varandra. Han var den förste som jag lärde känna i byn.

– Konstigt att han inte sagt något om det till oss, sa Harald. Fast det är ju ett bra tag sedan vi pratade med honom.

Ingeborgs blick vilade stadigt på Monica. Lite granskande, lite fundersamt.

– Vem är du lik, sa hon och tog ett steg tillbaka. Är det säkert att du inte har någon släkt här i bygderna?

Monica skakade på huvudet.

– Inte vad jag vet, sa hon men kände samtidigt hur det liksom stack till långt därinne nånstans.

– Trevligt att träffas och pratas vid i alla fall. Det skulle vara roligt om du ville komma på besök hos oss någon gång. Jag tyckte mig höra att du har en fin sångröst. Den skulle säkert behövas i kören. Det är min syster som leder den.

– De sjöng verkligen fint, sa Monica. Men jag tror inte att jag är intresserad.

– Vi får väl se, småskrattade Ingeborg. Jag ska ge Viola en liten vink i alla fall.

Monica ryckte på axlarna och så skildes de åt.

167

Monica trampade sakta hemåt. Inom henne gnagde det lite efter samtalet med makarna Berg. Att hon utan att blinka förnekat varje eventuellt släktskap med någon från bygden hade hon tidigare förmodligen inte haft några som helst samvetskval över. Men nu kändes det annorlunda. Nu kändes det som ett svek. Nu när hon började känna hur hon kom att rotas allt djupare i Dörjabygdens mylla.

Tjugofjärde kapitlet

När Monica kom hem upptäckte hon till sin förvåning att dörren var olåst. Hon rådbråkade sitt minne men kunde inte komma ihåg att hon skulle ha lämnat huset utan att låsa. Hon var, för all del, medveten om att det fanns en del bybor som sällan eller kanske aldrig låste sina hus, men själv brukade hon inte glömma det. Uppväxt i en storstad och därtill med en del obehagliga upplevelser även här i sitt nuvarande boende hade det blivit en vana.

Jag börjar kanske bli gammal, tänkte hon med ett lite bittert leende. Gammal och glömsk.

Hennes överraskning blev ännu större när hon kom in i huset.

Hon hade besök.

– Hej, Monica! Dörren stod ju öppen så jag trodde du var hemma.

Valter Lagberg reste sig från stolen han suttit på och räckte fram handen.

Monica stod först som förstenad medan hon kämpade med att försöka samla ihop de virvlande känslorna inombords.

– Valter!

Han log mot henne. Ett av sina mest frikostiga och svårtydda leenden.

– I egen hög person. Ursäkta att jag tog mig friheten att kliva på, men som sagt så trodde jag att du fanns någonstans härinne eftersom det inte var låst. Kanske att du var i duschen eller något sådant...

Nu var leendet där igen. Det där leendet som hon aldrig kunde förstå sig på.

– Det hör väl knappast till vanlig artighet att gå in och slå sig ner när ingen är hemma, sa Monica när hon fått ordning på både sina känslor och sin röst. Eller så gör man kanske här i Dörja...

Valter skrattade och tycktes acceptera att Monica inte tänkte ta honom i hand.

– Nja, det hör kanske inte till vanligheterna, men nog förekommer det. Vi som bor här har väl någon form av förtroende för varandra så det behöver inte uppfattas som något mystiskt eller skumt.

– Hmm, sa Monica och försökte fånga hans blick men han gled undan. Och vad kan du ha för ärende hit så här mitt på söndagen?

– Kan vi möjligen slå oss ned en stund?

Nu var Valter mjuk i tonen och inget av det vanliga arroganta uppträdandet syntes.

Monica gjorde en gest mot köksbordet och Valter backade tillbaka till stolen han suttit på.

– Vill du kanske ha kaffe?

Hans förvåning kunde inte undgå henne.

– Om det inte är till för mycket besvär.

– Inte alls. Jag skulle ändå sätta på en kopp.

Monica kände hur han följde henne med blicken medan hon ordnade med kaffet. Hon tog god tid på sig och försökte samtidigt fundera igenom vilket ärende Valter Lagberg kunde ha till henne.

– Goda bullar, sa Valter och sträckte sig efter en till. Verkligen goda bullar.

– Ja, Tages bullar har nog knappast sin motsvarighet någonstans!

– Ta... Tages!

Masken föll pladask från Valters ansikte även om han så snabbt det bara var möjligt försökte släta över den häftiga reaktionen med ett lite fånigt leende.

Monica kunde inte hålla tillbaka ett leende som fick rodnaden att stiga ytterligare hos den omtumlade gästen.

– Ja, jag brukar få några påsar bullar då och då av Tage, sa hon och fick det att låta hur naturligt som helst. Han är en mästare på att baka!

– Det må jag säga. Det visste jag inte

Det var tyst en stund i köket.

– På tal om Tage, sa Valter efter en stund. Du... ni är visst väldigt goda vänner.

– Det kan du skriva upp, sa Monica och kände att det inte fanns någon anledning att försöka hymla med sin vänskap med Tage Persson. Han var den förste som verkligen välkomnade mig till den här byn och nu är han mer eller mindre som en far för mig.

Hon tystnade för att se vilken inverkan de orden skulle ha.

Valter stirrade på henne med halvöppen mun. Det syntes tydligt att han kommit helt ur balans så Monica blev fundersam och undrade inom sig om hon kanske borde ha varit lite försiktigare. Ingen visste väl vad mannen som satt i hennes kök kunde vara kapabel till.

Hon kunde se hur Valters hand skakade när han försökte lyfta kaffekoppen men på något sätt lyckades han ändå ta en klunk av kaffet.

Hans blick var flackande då han gjorde ett försök att möta hennes.

– Ja, du är ju föräldralös, sa han och ansträngde sig för att återta kommandot i samtalet.

Monica mötte hans blick utan att blinka även om hon kände hur hjärtat snördes samman inför de obarmhärtiga och känslokalla orden.

– Ja, både pappa och mamma vilar på kyrkogården i Göteborg, sa hon med låg röst. Jag saknar dem väldigt mycket, men vänskapen med Tage är en stor hjälp att försöka komma vidare. Han är en klippa, pålitligheten personifierad.

Valters blick mörknade och han tycktes ha kommit över den värsta upprördheten.

– Hmm, då känner du honom kanske ändå inte så bra som du tror, sa han och rösten hade något hotfullt eller kanske varnande över sig. Det finns nog de som inte skulle skriva under på det omdömet om Tage Persson.

Monica höjde ögonbrynen.

– Vem då?

Valters axlar sjönk ned igen.

– Det, det tror jag inte jag ska avslöja för dig.

Det var åter tyst en stund. Det enda som hördes var klockans tickande inifrån rummet. Dess ljud gav Monica en känsla av trygghet trots situationen.

– Så har du tydligen börjat ägna dig åt Arvid Nilsson. Tagit honom under dina vingar skulle man kanske kunna säga. Du väljer verkligen ditt umgänge...

På nytt kände Monica hur det högg till inom henne vid de orden från Valter.

– Vad är det här egentligen, sa hon och försökte få rösten att bära. Är det någon form av förhör? Och vad är det för fel i att ägna lite tid åt någon som behöver det? Hör inte det hemma inom de kretsar där du vill ge sken av att tillhöra?

Hon kunde bara inte hejda sig längre. Nu skulle Valter Lagberg få höra sanningen.

Valter såg på nytt skärrad ut så henres ord hade inte gått spårlöst förbi. Han reste sig och ställde sig framför henne. Monica reste sig också för att inte hamna i någon form av underläge.

– Ska vi kanske försöka lugna ner oss lite nu, sa Valter och det fanns en ny klang i hans stämma. En lite farlig klang. Det råkar ändå vara på det viset att jag nog vet vem du egentligen är. Det blir kanske lättare att föra ett normalt samtal om sådana grundläggande fakta som vårt ursprung finns på bordet.

Hans blick irrade inte längre omkring. Den trängde djupt in i Monica och liksom höll fast henne.

– Jag har väl aldrig uppträtt under någon falskflagg, utbrast hon och vägrade att låta Valter se hur det stormade inom henne. Jag vill minnas att jag presenterade mig direkt första gången vi sågs. Den där gången då du spionerade på mig här utanför.

Valter log. Ett sarkastiskt leende. Ett illavarslande leende.

– Jovisst, sa han. Visst fick jag veta ditt namn och ditt intresse för huset som nu är ditt. Men då jag påstod att det var något bekant över dig hade du inget bra svar att ge. Men nu ska du veta att jag har pratat med min syster som i sin tur har pratat med vår mor. Tillsammans har de tagit reda på ett och annat omkring Monica Björkengren.

Han tystnade och tycktes invänta någon form av reaktion, men Monica tänkte inte kommentera eller på annat sätt ge uttryck för vad som rörde sig i hennes tankevärld.

Valter tog ett steg närmare och sträckte fram handen för att gripa tag i henne.

Monica tog ett steg tillbaka och gav honom en ljungande blick.

– Rör mig inte!

De stod mitt emot varandra och fixerade varandra som två dödsfiender som bara inväntade den andres nästa rörelse för att snabbt kunna parera och slå tillbaka.

Över Valters ansikte vilade ett märkligt leende.

– Ta det lugnt, sa han och lät armen falla. Jag tänker inte överfalla dig. Även om du är en mycket tilltalande och därtill lockande kvinna. Det... det kan ju faktiskt vara på det viset att vi är släkt med varandra, eller hur?

Monica kunde inte hejda den våg av känslor som sköt upp genom hennes kropp.

Hon satte sig tungt på stolen som hon nyss lämnat.

– Jag hoppas, vid Gud och allt gott, att det inte är på det viset, sa hon och hon gjorde inget för att nyansera den iskyla som underströk vad hon kände inför det antagande som Valter just kastat i ansiktet på henne.

– På den punkten är vi faktiskt överens.

Han skrattade ett ihåligt skratt.

– Jag hoppas precis detsamma, fortsatte han. Är vi släkt finns det ju knappast utrymme för några andra relationer oss emellan, eller hur?

Monica stirrade på honom. Hurdan var han egentligen skapad, mannen som nu stod i hennes kök.

– Gå, sa hon. Gå härifrån! Vi har nog inget mer att säga varandra just nu.

– Jaja, sa Valter. Låt mig bara informera dig om att jag tror mig veta att din mamma hette Lilian och att hon en gång i sin tidiga ungdom fanns på den gård som nu är min. Hon var farligt vacker, precis som du, så det fanns nog flera som inte hade något emot att försöka lägga henne under sig.

Han skrattade åter igen det där ihåliga skrattet.

– En av dem var säkert Tage Persson, även om han tycks vara en ljusets ängel i dina ögon. En annan var tyvärr min egen far. Jag skulle kanske inte säga det, jag vill absolut inte acceptera det, men så var det nog i alla fall. Sedan fanns det säkert ytterligare någon där, kanske Arvid hade sina funderingar omkring den vackra flickan i sin närhet. Kanske fanns det fler. Jag vet inte riktigt hur lätt på foten hon verkligen var...

Monica flög upp och gav honom en rungande örfil rakt över kinden.

Valter blev så överraskad att han höll på att falla baklänges rakt in i köksspisen, men han lyckades återfå balansen i sista stund.

Hans ögon blev kolsvarta och han trängde sig inpå henne.

– Det här ska du få ångra, väste han. Du är nog sannerligen din mors dotter ända ut i fingerspetsarna, men vem som är din far kan man verkligen fråga sig...

Han stötte till henne och försvann ut genom dörren innan hon hann reagera.

När dörren slog igen bakom honom stod hon bara där med hängande armar och kände hur all kraft rann ur hennes kropp medan tårarna strömmade utför hennes kinder.

I samma stund ringde telefonen.

Tjugofemte kapitlet

Monica kände sig allt annat än utvilad när väckarklockan ringde och förkunnade för henne att det var måndagsmorgon och arbetsdag. Halvt i sömnen tog hon en kylig morgondusch och letade fram en spartansk frukost av det som fanns i kylskåp och skafferi.

Snart satt hon i bilen på väg mot Kornlanda. Hon hade vänt tillbaka till dörren en extra gång för att kontrollera att hon verkligen låst ordentligt. Gårdagens upplevelse satt så djupt inom henne. Något sådant ville hon inte vara med om igen.

Hur hon än försökte att hålla ifrån sig tankarna på Valters inträngande i hennes hem och det som avhandlats mellan dem kunde hon inte släppa det i alla fall. Det satt för djupt. Det hade gjort för ont. Det hade blivit på gränsen till för mycket.

– God morgon Monica!

Det var Uno som dök upp i samma stund som hon klev ur bilen. Rösten var neutral men Monica tyckte sig ändå höra en nyans av lättnad hos honom.

– God morgon, svarade hon och försökte ge honom ett lagom avmätt leende. Så är man tillbaka i vardagen igen.

– Hoppas att det känns bra. Det har varit lite tomt när du inte varit på plats som vanligt. En och annan har väl varit här och känt på dörren, men anslaget innanför rutan har väl gett dem klart besked. Det är ju inte så konstigt om man tar några dagars semester så här mitt i sommaren.

Monica nickade.

– Det finns kanske lite att ta igen, men jag tror nog att jag behövde den här ledigheten

– Absolut, sa Uno. Som jag sa på telefon så hoppas jag verkligen att du har kunnat njuta av din ledighet.

Orden var lugna och vänliga, precis som alltid när det gällde Uno Lövgren. Men det fanns något annat där också. Något som Monicas känsliga öra uppfattade. Det fanns andra frågor bakom de vanliga artighetsfraserna.

– Jo, allt har varit bra, sa hon och styrde stegen mot dörren för att komma in och igång med dagens arbete. Har du själv haft möjlighet till någon ledighet?

– Nja, det har väl inte blivit något särskilt. Får se om jag kan ta någon vecka lite senare Jag har en kusin som kanske kunde komma hit och ta hand om det löpande i så fall. Hon var på besök runt midsommar tillsammans med sin familj. De driver en liknande verksamhet uppåt landet, men hon trodde nog att hon skulle kunna komma ifrån för att hjälpa mig.

– Så bra.

När Monica några minuter senare satt vid skrivbordet kände hon hur en del frågetecken och funderingar rätades ut. Det hade förstås varit kusinen hon sett tillsammans med Uno på midsommarafton. Hon försökte låta bli att göra för stor sak av den slutsatsen, men inom henne betydde den ganska mycket.

Undrar om han såg oss, tänkte hon.

Vid tanken på sitt eget midsommarfirande tillsammans med Ragnar Skog återupplevde hon gårdagens telefonsamtal. Det samtal som följt strax efter att Valter Lagberg lämnat henne. Hon hade tvekat om hon skulle svara när telefonen ringde. Det som hon varit med om alldeles innan hade påverkat henne både fysiskt och psykiskt så hon visste inte om var i stånd att prata med någon, vem det än var.

Men eftersom signalerna fortsatte hade hon till slut lyft luren och svarat.

– Hej Monica!

Det hade varit Ragnar Skog som ringde. En lågmäld och ursäktande Ragnar Skog. Inte i närheten av den man som hon trodde sig veta att han var. Det hade inte funnits något av hurtighet eller självsäkerhet eller flirtighet över hans sätt att ta kontakt den här gången.

– Jaa, hade hon bara svarat eftersom hon inte visste riktigt hur hon skulle hantera situationen.

Det hade blivit ett ganska långt samtal mellan dem innan det var dags att avsluta och lägga på luren.

Ragnar hade gjort sitt bästa för att förklara varför han lämnat Öland så där plötsligt. Han hade inte försökt att bortförklara något utan rakt upp och ned försökt ge henne sin bild av det som skett.

– Det blev nog lite för mycket av det goda den där kvällen, hade han sagt. Jag erkänner att jag gärna fyllde på i ditt glas för att göra dig lite mera öppen och lättillgänglig. Jag ångrar det av hela mitt hjärta och vill be tusen gånger om förlåtelse.

Monica hade inte funnit anledning att säga något. För henne hade det räckt att bara säga något ord då och då medan hon lyssnade till den ångerfulle mannens försök att ställa allt tillrätta. Det var han som ringt upp och det var han som måste få säga sitt.

– När jag tänker tillbaka kan jag inte fatta varför jag bar mig åt på det viset, hade Ragnar fortsatt. Den enda rimliga förklaringen är väl att jag är helt betagen av dig. Jag säger det utan omsvep för så är det. Jag har fallit pladask för dig som kvinna och skulle inget högre önska än att vi skulle kunna ha en mycket djupare relation. Men jag anar att det kanske inte kan bli så.

Han hade suckat innan han fortsatte.

– Du undrar förstås varför du vaknade i min soffa. Jag hoppas att du inte dragit några förhastade slutsatser av att dina kläder låg på bordet.

Monica hade känt hur hjärtslagen ökade betänkligt när Ragnar kom in på detaljerna omkring hennes visit i hans stuga.

– Du behöver inte vara orolig, hade han fortsatt. Visst hade jag en önskan om en fortsättning den där kvällen. Visst skulle jag inte haft något emot att vi delat natten i samma säng, men du slocknade ju direkt som vi satte oss i soffan Jag insåg att det inte fanns några alternativ så jag drog av dig kjol och blus och försökte göra det så bekvämt som möjligt för dig där. Det... det fanns inte en chans att väcka dig just där och då...

Monicas utandning måste ha hörts tydligt i telefonen för Ragnar hade inte kunnat låta bli att skratta till lite grann.

– Förlåt om jag drar på munnen, hade han sagt, men jag är egentligen lika glad som du att kvällen slutade som den gjorde. Men du ska veta att jag skämdes. Jag gjorde faktiskt ett försök att komma till tals med dig på tu man hand men hittade ingen möjlighet så därför bestämde jag mig för att avlägsna mig från grannskapet och återkomma till dig när jag var säker på att du kommit hem igen. Säg Monica, kan du förlåta mig?

De sista orden hade kommit mer som en viskning och rösten skvallrade om en stark rörelse hos mannen som uttalade dem.

Monica hade känt en sådan lättnad under samtalets gång att svaret för henne var självklart.

– Tack för att du ringde, hade hon sagt. Jag vet inte hur mycket det finns att förlåta. Jag var väl själv delaktig i det som hände. Jag kunde väl satt stopp när jag kände att det blev i mesta laget, men den spärren fungerade tydligen inte den gången. Men om du behöver ett besked så förlåter jag. Vi ska kanske båda försöka att glömma delar av den där kvällen. Allt var ju ändå inte misslyckat, eller hur?

Hon hade hört hur lättad Ragnar hade varit då han tackat henne för att hon lyssnat. Men inom henne fanns en liten tagg kvar. Vad hade han sagt till Uno?

Tjugosjätte kapitlet

Sensommarvinden drog sakta mellan träden och ett och annat löv hade redan börjat anta en gulaktig färg när Monica tillsammans med Uno strövade i skogen strax bortom Lunda.

Det var Uno som hade frågat henne om hon tyckte om svamp och när hon bekräftat detta hade han lovat att visa henne ett par säkra svampställen i skogen som hörde till Lunda.

Nu gick de sakta på en skogsstig med korgar i händerna utan att säga något till varandra. Monica njöt av stillheten i skogen och tryggheten som hon kände i sällskap med sin hyresvärd och klockdoktor.

Inom henne vandrade tankarna sina egna vägar.

Där spelades på nytt den senaste tidens händelser upp som en film i både ljusa och mörka färger.

Den gångna månaden hade inte varit direkt händelsefattig.

Tage hade kommit allt längre när det gällde att återfå sitt tal och nu märktes det inte alls mycket av de problem som han dragits med. Helt återställd blev han kanske aldrig, men själv var han nöjd med de framsteg han gjort.

Han blev lika glad varje gång Monica dök upp hos honom och han hade alltid ett rejält lager med bullar i frysen.

Monica hade fått veta att Tage och Arvid pratat ut med varandra om saker och ting ur det förgångna.

Det hade både glatt och smärtat henne då hon förstått hur resonemanget hade gått mellan de männen som båda stod henne så oerhört nära.

Hon hade sett hur ont det hade gjort inom Tage när han återgett för henne en del av det som Arvid berättat. Men hon hade också känt en glädje med tanke på hur de båda nu kunde lägga händelserna bakom sig och inte längre fortsätta att plågas av dem.

För snart två veckor sedan hade hon kommit in i affären i Kungsfors och varit enda kund för tillfället. Det var kanske inte så vanligt att det var flera kunder där samtidigt, men ibland hade det ändå hänt när Monica varit där.

Den här dagen hade det tydligen passat som hand i handske att det inte fanns några fler än Monica och affärsinnehavaren där. Berta Ohlsson hade tydligt visat att hon ville ha ett samtal med Monica på tu man hand.

– Har du tid att komma med in på mitt kontor några minuter, hade hon frågat. Jag hör lika bra därifrån om det skulle komma någon.

Monica hade nog sett lite frågande ut så Berta hade fortsatt:

– Jag måste få prata med dig mellan fyra ögon. Det är viktigt!

Väl inne på kontoret hade Monica fått sätta sig i en liten fåtölj medan Berta själv lade beslag på kontorsstolen bakom det gamla och nötta skrivbordet. Även om hon varit angelägen att få in Monica på kontoret hade det ändå suttit långt inne innan hon kommit fram med sitt ärende.

Monica kunde när hon ville se den robusta kvinnans svårigheter att ta upp det ämne som tycktes bränna som en eld inom henne.

– Ja, du undrar förstås, hade Berta till sist sagt efter en stunds lite besvärande tystnad. Du undrar förstås vad jag vill prata med dig om.

Monica hade bara nickat som en bekräftelse på att det gjorde hon. Även om hon började ana vad det skulle handla om kände hon ingen lust att yppa för Berta vad hon tänkte inom sig.

– Jag har pratat med mamma, hade Berta fortsatt. Ja, jag har pratat med Valter också. Mamma och jag har, som du ju vet, besökt Arvid Nilsson. Du kom ju dit när vi var där första gången.

Så ni har varit där flera gånger, hade Monica tänkt, men inget sagt.

Berta hade fortsatt att prata och mycket av det som hon sagt var sådant som Monica kände till. Det var delar av det som Lovisa Lagberg själv sagt en gång till henne liksom vissa saker som Arvid berättat.

Berta hade blivit alltmer engagerad och hennes ansiktsfärg hade blivit allt rödare allteftersom hon pratade.

Slutklämmen i det som hon hade att säga hade ändå förvånat Monica. Hon hade inte väntat sig en sådan sammanfattning av allt det som nu ventilerats mellan dem som på olika sätt varit inblandade i eller berörda av händelserna omkring hennes mamma och hennes egen tillblivelse.

– Tror du, hade Berta sagt och hennes ögon hade fått en alldeles speciell lyster. Tror du att vi kan vara släkt, ja att vi kanske till och med är halvsyskon?

Hon hade tystnat och ingående granskat Monica innan hon fortsatt:

– I så fall är det kanske inte så konstigt att jag tyckt om dig från första gången vi sågs!

Monica hade haft svårt för att hålla känslorna i styr inför den upplysningen. När hon fortsatt att tiga eftersom hon inte visste riktigt vad hon skulle säga hade Berta rest sig och lagt sin hand på hennes axel.

– Jag vet att det kanske låter konstigt, hade hon sagt, men jag skulle inte ha något emot att kunna kalla dig för lillasyster. Jag tror inte mamma har något att invända heller, men hur det är med Valter vågar jag inte säga något om.

Monica hade tagit ett djupt andetag, så hade hon gripit tag om Bertas hand och kramat den hårt samtidigt som hon mötte den andra kvinnans blick. De hade båda tårar i ögonen.

– Tack, hade hon till sist fått fram. Tack för de orden, men jag är inte så säker på att det är som du tror. Lovisa är väl heller inte så säker...

– Så är det nog, hade Berta sagt och fortsatt att krama Monicas axel. Kanske får vi, kanske får du aldrig veta.

Det hade plingat i dörrklockan och Berta hade varit tvungen att ordna anletsdragen och skynda ut i affären. Monica hade suttit kvar en stund, men då ytterligare kunder tycktes komma in i affären hade hon tagit den andra vägen ut. Varorna som hon tänkt handla fick hon väl försöka få tag i på annat håll.

– Vad tänker du på?

Unos röst fick henne att snabbt återvända till dagens verklighet. Hon kände sig lite skuldmedveten över att så lätt flyga bort på tankens vingar. Nu måste hon försöka ägna sig helt åt nuet, åt svampletandet och åt mannen som inbjudit henne att dela det som man inte delade med vem som helst. Så värst kunnig inom området var hon inte, men så mycket trodde hon sig ändå veta. Bärställen och svampställen ville man behålla för sig själv så långt det bara gick. Att bli inviterad på det sättet som hon blivit innebar ett stort förtroende och bevis på en verklig och djup vänskap.

Kanske något ännu mera...

– Du oroar dig kanske för Arvid?

Trots din finkänslighet har du ändå förmågan att sätta fingret på just det som ömmar mest, tänkte Monica och mötte Unos blick.

– Jo, det gör jag nog lite. Han blir allt svagare och svagare tycker jag. Sist jag var där satt han inte ens upp i stolen. Det känns så svårt att se hur han nästan tynar bort. Jag... jag har kommit att fästa mig väldigt mycket vid honom.

– Jag har förstått det även om jag inte förstår varför. Det verkar inte bara vara vanlig medmänsklighet. När du någon gång pratar om honom känns det som om ni har en mycket närmare relation.

Monica nickade.

– Så känns det för mig också, sa hon. Sedan han bokstavligen ramlade in i mitt liv har han kommit att betyda väldigt mycket för mig.

– Finns det plats för fler i den innersta kretsen omkring dig? Jag menar att du har ju även Tage och dina väninnor och kanske ännu fler...

Unos röst avslöjade något mer än bara en lite skämtsam fråga.

De hade precis kommit fram till ett av Unos absolut säkraste kantarellställen och det lyste gult lite här och var i mossan.

Monica böjde sig för att börja plocka samtidigt som det blev en förevändning att vända sig bort från Unos spörjande blick.

– Vad menar du?

Uno hade också böjt sig och börjat fylla korgen med skogens guld. Med en röst som inte riktigt bar svarade han på Monicas fråga.

– Jag vet ju att du träffat Ragnar mer än en gång, sa han, och jag kan ju inte låta bli att undra om det kanske är något mellan er båda. Jag... jag har dragit mig för att fråga, men jag känner att jag måste få veta.

Han vände sig mot Monica och försökte fånga hennes blick.

Monica kände hur hjärtat rusade och hur en oförklarlig känsla spred sig genom hela hennes kropp. Nu fanns det inte plats för några diffusa svar.

– Nej, Ragnar ingår nog inte i den innersta kretsen, sa hon. Han är en kollega och en trevlig sådan men skulle det bli något mellan honom och mig så handlar det nog om affärer. Han har fört fram idén om ett samarbete och jag funderar över det lite då och då.

Hon mötte Unos blick och kände att hon var sann och ärlig.

Det drog ett leende över Unos ansikte.

– Bra! Då vet jag!

Monica förväntade sig någon form av fortsättning, men den kom inte.

Tjugosjunde kapitlet

När de kom hem från skogen satt Elisabet i köket tillsammans med föräldrarna. Då Uno och Monica steg in genom dörren upphörde det samtal som tydligen pågått mellan de tre.

– Redan hemma! Och med så mycket kantareller! Det var sannerligen inte dåligt. Nu smakar det väl med lite mat i magen. Vi har ätit, men det finns kvar så det räcker till er båda. Jag tror inte att det har hunnit kallna heller...

Sigrid pladdrade på precis som om försökte dölja att de pratat om något helt annat när Uno och Monica dök upp.

Monica såg i de andras ansikten att det de pratat om inte var ämnat för hennes öron. Hon kände att det fanns en förhoppning hos dem att hon inte råkat höra något på väg in. Vad som än avhandlats så var hon ganska säker på att det hace handlat om henne på något sätt. Hon var känslig för sådana signaler.

Efter maten erbjöd sig Monica att ta hand om disken. Elisabet ville också hjälpa till så de båda kvinnorna blev ensamma i köket medan de andra försvann åt olika håll.

– Roligt att träffas igen, sa Elisabet. Under lite lugnare förhållanden än när Uno fyllde femtio. Jag hoppas att jag inte skämde ut mig den gången. Jag... jag kände nog att jag fått i mig lite för mycket vin den kvällen. Jag... jag sa väl inget dumt?

Monica log mot henne.

– Inte alls, sa hon. Vi hann ju inte prata så många ord med varandra. Det enda jag kommer ihåg är att du pratade en del om din son och att du tagit hand om och uppfostrat honom ensam. Visst är det så?

Elisabet nickade.

– Ja, sa hon och fick ett litet bittert drag runt munnen. Ja, jag har varit ensamstående mamma och det har gått bra.

– Det tror jag säkert. Är inte Jonny med hem den här gången?

– Nej, han föredrog att stanna kvar i stan där vi bor. Ja, han är ju inte precis mammas lilla pojke längre. Han är gammal nog att stå på egna ben, men ibland tycker jag mig förstå att han nog har ett visst intresse för gården här. Ja, han är väl den ende som skulle kunna se till att gården förblir i släkten. Uno har ju sitt och tycks inte vilja flytta från stan och jag har mitt.

– Jag förstår, sa Monica. Är han intresserad av jordbruk och sådant?

– Det växlar nog. Elisabet skrattade lite. Man vet väl inte riktigt vad man vill i de där åren. Man har sina drömmar, men det blir inte alltid som man tänkt. Drömmar kan gå i kras fortare än man anar. Livet är inte spikrakt och enkelt.

Återigen såg Monica det bittra draget i Elisabets ansikte och anade att livet inte varit någon dans på rosor för henne.

– Hur trivs du i bygden nu då? Det märktes tydligt att Elisabet vill få in samtalet på något annat. Jag har förstått att det inte varit helt lätt för dig heller alla gånger. Var det till och med någon som för-sökte sätta käppar i hjulet när du skulle köpa Lars-sons? Var det Valter Lagberg kanske?

Monica höjde på ögonbrynen och granskade den andra kvinnans ansikte.

– Jaså, du har hört det, sa hon och försökte låta oberörd. Ja, något var det men jag kan inte med säkerhet säga vem det var som låg bakom.

– Uno är ganska bekant med Olof och jag tror att han fått höra något åt det hållet i alla fall, sa Elisabet och nickade eftertryckligt. Det skulle inte förvåna mig om det var så. Valter kan man absolut inte lita på. Han är hal som en ål!

Monica undvek att hålla liv i ämnet.

– Hur som helst så äger jag Larssons nu och jag trivs mycket bra, sa hon. Jag har blivit bekant med en del av dörjaborna och känner mig nog snart som en av dem.

– Det låter ju bra. Jag hoppas att det ska fortsätta så för dig. Det finns det säkert fler i det här huset som gör.

Elisabet skrattade lite och nickade menande ut genom fönstret där Uno just passerade förbi.

– Finns det kanske en möjlighet att vi blir släkt?

Elisabets fråga var rakt på sak.

Monica kunde inte hjälpa att hon rodnade en aning.

– Ska det hända något i den vägen får du nog hjälpa till lite, fortsatte Elisabet med ett leende. Han är så snäll och beskedlig min bror, men ibland har han lite svårt för att komma till skott.

Monica undvek att svara. För vad fanns det att säga egentligen.

Någon vecka senare svängde Berta Ohlssons bil in vid Larssons. Monica höll just på att rensa några liter lingon som hon lyckats plocka utan vägledning från Unos sida. Hon reste sig och hajade till när hon fick se Lovisa Lagberg stiga ur bilen. Det var knappast ett besök som hon hade förväntat sig. De båda kvinnorna kom med bestämda steg mot henne när hon skyndade emot dem.

– Lovisa! Berta! Vilken överraskning! Hon försökte låta som vanligt även om pulsen gick på högvarv.

– Goddag Monica, sa Lovisa och räckte fram handen. Ursäkta om vi kommer objudna, men jag hoppas att du har tid en stund med oss.

Monica nickade och tryckte den gamla damens hand.

– Visst har jag det. Lingonen kan vänta en stund. Det kan vara skönt att göra något annat. Vill ni komma med in eller ska vi sitta ute? Vädret är ju riktigt skönt.

– Om du inte har något emot det vill jag gärna se hur du har det därinne, sa Lovisa.

De slog sig ned vid köksbordet efter det att Lovisa och Berta sett sig omkring och kommenterat den förvandling som huset genomgått.

– Du undrar kanske varför vi är här. Lovisa var inte den som kallpratade i onödan.

Monica nickade.

– Kanske, sa hon. Kanske inte. Jag gissar att det handlar om mig, om mitt ursprung, om mina rötter...

– Så kan man kanske uttrycka det. Då behöver vi inte gå som katten kring het gröt. Vi har ju pratats vid för ett bra tag sedan, men jag anar att vi inte nådde riktigt fram den gången, eller hur?

Lovisas stålgrå blick borrade sig djupt in i Monica på ett sätt som tvingade henne att möta den.

– Nej, jag tror inte att jag fick något definitivt svar på frågan om vem som egentligen är min far. Du gjorde väl vissa antydningar utifrån dina egna slutsatser, men något glasklart besked handlade det knappast om.

Monica slog inte ned blicken utan såg lugnt och stadigt på Lovisa Lagberg.

Berta satt tyst bredvid sin mamma. Den här gången hade hon inget att säga. Nu va˙ det Lovisas stund.

Det blev också mest den gamla som talade där vid köksbordet. Monica valde att bara lyssna och nicka för att bekräfta att hon följde med i det som Lovisa hade att säga.

– Ja, att Arvid är son till min framlidne make är jag säker på, sa Lovisa till slut. Det borde jag kanske förstått långt tidigare, men ibland vill man kanske inte se sanningen som den är. Men vem som verkligen är dina dagars upphov är jag ännu osäker på. Jag har ju misstänkt honom, och gör kanske så än, för att vara den skyldige även när det gäller Lilians olycka men säker är jag inte.

Hon fäste sin blick på Monica och nu fanns det en mildhet långt därinne.

– Jag önskar att jag skulle kunna skingra dunklet omkring din tillblivelse, men även om jag inte kan det ska du veta att jag har börjat tycka allt mer och mer om dig, Monica. När jag ser dig nu känns det inte rätt att kalla din tillblivelse för en olycka, även om det kanske ändå var det för din mamma då. Jag är glad att du finns och att du har hittat tillbaka hit...

Tjugoåttonde kapitlet

Monica nynnade på sångstrofen som blivit något av en signaturmelodi för henne. En dag som denna hade hon all anledning att lyfta blicken, känna rymden omkring sig och den fasta, jordnära förankringen i den verklighet som nu var hennes.

Äntligen hade det hänt!

Äntligen hade hon fått frågan som hon väntat på.

Äntligen fanns det något definitivt, något påtagligt, något som verkligen var bestämt.

Nu var datum för ett blivande bröllop bestämd och pastor Peter Fridh var tillfrågad att agera vigselförrättare.

– Ja, jag tillhör ju inte din församling, hade Monica sagt och kanske sett lite skuldmedveten ut, men jag, jag menar vi, skulle bli väldigt glada och tacksamma om vi fick ha vigseln i Dörja kapell och om du kunde tänka dig att viga oss...

Peter hade mött hennes lite oroliga och tveksamma blick med ett ljust leende.

– Självklart, hade han sagt och det hade nog varit nära att han tagit henne i sin famn, men han hade hejdat sig. Så roligt det ska bli! Och så roligt för dig, för er...

Monica hade känt att han verkligen menade vad han sa.

Det var inte tänkt att bli något stort och påkostat bröllop. Bara de som verkligen stod dem nära skulle få inbjudningskort, men till själva vigseln kunde det förstås komma fler. Det var minsann inte var dag som det hölls bröllop i Dörja kapell.

Tankarna på vilka som skulle vara med på den efterföljande festen upptog hennes tankar medan hon på nytt vandrade den nu ganska välkända stigen genom skogen. Den stig som ofta gav henne rymd för viktiga tankar. Hon var så upptagen av de människor som hon ville se omkring sig den dagen att hon inte märkte mannen som närmade sig henne bakifrån.

Hon blev alldeles stel av skräck när hon kände ett par armar omkring sig.

– Jaså här har vi den blivande bruden! Få se om det kan vara någonting för en man att ägna sig åt!

Skrattet som följde fick henne att känna kalla kårar efter ryggraden.

– Valter!

Han släppte greppet om henne och betraktade henne ingående.

– Så har du ändå bestämt dig, fortsatte Valter. Ja, du har ju åldern inne så det är väl inget att säga något om. Men jag förstår inte vad det är du ser hos den blivande mannen. Hur kunde du göra det valet när det finns riktiga karlar som inte skulle ha något emot att känna på dina kvinnliga former?

Monica mötte hans blick utan att blinka.

– Inte för att du har med saken att göra, sa hon lugnt, men jag skulle kunna räkna upp minst hundra skäl till det val jag gjort. Vilka karlar du syftar på har jag inte en aning om. De finns väl knappast i den här byn i alla fall.

Valter log.

– Svar på tal har du i alla fall, sa han. Men det är väl bra att du låter någon ta hand om dig. Skulle du sakna några riktiga karlatag framöver så vet du ju var jag finns. Jag har sagt det förut och jag säger det igen. Om inte den där lilla misstanken om ett eventuellt släktskap hade funnits där så hade vi nog kunnat bli det perfekta paret, tror du inte det också...

Monica kände hur vreden steg inom henne och lusten att placera en knytnäve rakt i det leende ansiktet var svår att tygla. För sin egen skull, och för sin blivande mans skull, behärskade hon sig.

– Om du inte har något mer att komma med så skulle jag uppskatta om du går din väg, sa hon och rösten var riktigt iskall. Gör du det så ska jag försöka glömma den här stunden och inte berätta om den för någon annan.

Valter verkade tveka, men så vände han på klacken och försvann bortefter stigen.

Monica följde honom med blicken tills han var utom synhåll innan hon själv fortsatte sin vandring även om det var svårt för henne att återkomma till den känsla hon haft innan han dök upp.

Inte kan han vara min bror, tänkte hon. Aldrig i livet att han kan vara det...

Även om Valters uppdykande skrämt henne för tillfället kände hon sig ändå ganska lugn. Visst var han oberäknelig, men han skulle väl knappast våga göra något mot henne.

Berta och Lovisa borde få vara med på bröllopsfesten, tänkte hon.

Men inte Valter.

Tanken på det som väntade fick hennes sinne att på nytt ljusna. Sångstrofen om att blicka mot himlen fyllde på nytt hennes inre. Inget skulle kunna ta ifrån henne den förväntan som nu fyllde varje fiber av hennes varelse.

När hon kom hem och öppnade dörren hörde hon telefonsignalen. Hon skyndade in för att svara.

Det var från Norrsjöstrand.

Monica kastade sig i bilen och for iväg med en rivstart efter att ha lyssnat till den som ringt. Aldrig hade hon väl kört så fort mellan Larssons och Norrsjöstrand.

När hon kom in på rummet såg hon den magra gestalten i sängen. Arvids ansikte var nästan lika blekt som det vita örngottet.

Hon skyndade fram och föll på knä med ansiktet tätt intill hans och med tårade ögon.

– Arvid, mumlade hon. Arvid...

Sköterskan som befunnit sig i rummet när Monica kom drog sig sakta tillbaka.

– Monica!

Rösten var svag, men den bar trots allt.

De samtalade med huvudena tätt intill varandra. När Monica efter en stund reste sig vilade ett lyckligt leende över Arvids tärda ansiktsdrag.

Han ser ut som en ängel, tänkte hon och strök varsamt över dragen som kommit att betyda så oerhört mycket för henne den sista tiden. Jag hoppas att han får möta mamma nånstans där de också kan få talas vid.

– Han har nog inte långt kvar nu, sa sköterskan som på nytt slutit upp vid Monicas sida. Men det finns en livsgnista som håller stånd mot allt det som försöker bryta ned. Ibland förstår man inte hur stark viljan att leva ändå kan vara.

Monica nickade och log med tårade ögon.

– Jag tror jag vet vad det är som håller honom kvar i livet, sa hon. Jag hoppas i alla fall att det är en av orsakerna till att han vill hänga med ett tag till.

Sköterskan gav henne en forskande blick och såg ut att vilja få en utförligare förklaring, men den tänkte Monica behålla för egen del. Den var bara hennes och Arvids.

– Tack för att ni ringde, sa hon.

– Han ville det. Du tycks vara den enda som han frågar efter trots att du väl ändå är ganska ny här i bygden...

Du undrar varför, tänkte Monica. Det är det kanske fler som gör.

– Här har du telefonnumret till min firma, sa hon och räckte sitt visitkort till sköterskan. Ni kan ringa när som helst.

Tjugonionde kapitlet

Gruset knastrade under Monicas fötter när hon åter befann sig på Gamla Norrsjö kyrkogård. Bredvid henne gick Tage. Det låg fortfarande en del snö kvar där det var norrläge, men det mesta runtomkring bar spår av den obändiga vårens krafter.

Det var med blandade känslor som hon stannade inför gravstenen och strök bort de där envisa tårarna som gjorde det svårt för henne att läsa namnen som fanns där.

Det hade inte varit självklart. Det hade varit långt ifrån enkelt att vara med och fatta beslutet, men till sist hade de ändå enats.

Arvid Svensson skulle få sin grav på samma plats som hans far vilade. Några andra släktingar som skulle kunna ha synpunkter hade inte hittats.

Det var Lovisa Lagberg som kommit med förslaget och hon hade i första hand resonerat med Monica. De båda kvinnorna hade kommit varandra så nära under de gångna månaderna.

Hur hon hade hanterat frågan när det gällde de egna barnen var en gåta för Monica. Hon hade sina funderingar, men insåg att det inte var något som hon behövde engagera sig i. Hon hade fullt upp med sina egna frågeställningar.

Begravningen hade skett i stillhet med närvaro av ett fåtal personer som på olika sätt kommit att stå nära Arvid. Människor som i olika tider av hans liv känt att han hade betytt något för dem. Människor som kanske också hade betytt något för honom i det ganska ensamma liv som han ändå levt.

Judit hade varit där.

Tage hade hållit ett kortare tal när de stod vid den öppna graven. Ett tal som präglades av sviterna efter sjukdomen. Ett tal som utmynnade i ett tack till Arvid för det som han i livets slutskede delat med Tage.

Lovisa hade naturligtvis funnits med tillsammans med Berta. Hon hade inte darrat på rösten när hon sa några ord om Arvid, hans liv och hans betydelse för familjen Lagberg.

För Monica hade det varit en stund där det ständigt skiftade mellan ljus och mörker, mellan den djupaste sorg och en tilltagande lycka. Hon hade stått där vid graven och känt den tomhet som detta avsked skapade i hennes inre, men samtidigt känt en samhörighet som hon bara kunde eller ville tolka på ett enda sätt.

Nu stod hon där på nytt.

Hon kände Tages hand på sin axel.

Hon gav upp försöket att hejda tårflödet. Hon hade så gärna velat få mera tid med mannen vars namn nu hade huggits in i stenens lite ojämna yta.

– Jag saknar dig, sa hon med låg röst. Jag saknar dig mer än jag kan säga. Jag hade så gärna velat ha dig med på lördag. Jag vet inte om det är möjligt, men om det skulle vara det så hoppas jag att både du och mamma ser mig på min stora dag...

Hon snyftade till och vände ansiktet mot Tage som mötte hennes blick med en ömhet och värme som kändes långt in i själen.

– Grå... grät du, sa han och fattade båda hennes händer.

De stod där tysta medan tårarna rann nedför hennes kinder.

– Åh Tage, utbrast Monica till slut. Du anar inte hur mycket det betyder för mig att du finns här. Att du är med mig nu. Att jag kan komma till dig nästan när som helst...

Tage sa inget. Han bara lade armarna om henne och drog henne till sig.

Monica borrade in huvudet mot hans hals och kände hur värmen och tryggheten sakta återvände till henne.

– Pappa, mumlade hon. Kan jag ändå få kalla dig pappa? Jag känner att jag... att jag behöver en... en levande pappa...

Tage log och lyfte upp hennes ansikte så att de kunde se varandra i ögonen.

– Mo... Monica! Jag... jag älsk... älskade min Li... lian. Och jag... jag älsk... ar dig som... som min dot... dotter.

Trettionde kapitlet

on log en aning åt den prydhet som fortfarande hade ett starkt grepp om honom

Det går väl över, tänkte hon och sträckte ut sig i den bekväma dubbelsängen i väntan på att han skulle bli klar.

Inom henne blixtrade minnesbilden från kyrkogårdsbesöket plötsligt förbi. Hon kände på nytt den där värmen som närheten till Tage hade gett henne då sorgen och saknaden efter dem som gått bort blivit så närgången.

Mamma, Henry, Arvid. Hon saknade dem alla fast på lite olika sätt. Tage! Han fanns där och fyllde på något sätt tomrummet. Han var den jordnära länken till det som varit, till det förflutna, till hennes livs rötter.

Jag måste vara rädd om Tage, tänkte hon. Jag måste vara rädd om dem som står mig nära. Jag kan inte ändra på det som varit. Jag kan inte skriva om min mammas historia lika lite som min egen.

Ett sparsamt ljus från fullmånen trängde in genom fönstret. Det gav nätt och jämt ledljus, men kändes vid det här tillfället som helt perfekt.

Efter vigseln i Dörja kapell, där pastor Fridh hållit ett varmt tal och där människorna från byn och bygden hade trängts för att få vara med, och den efterföljande festen i den trivsamma bygdegården en bit från Dörja hade de bestämt att första natten skulle tillbringas i Larssons. Sedan skulle de resa lite längre bort, men platsen för själva bröllopsnatten var de rörande överens om. Det fanns bara en plats som kunde komma ifråga.

Monica hörde klockan slå och hon kände hur pulsen steg medan hon inväntade mannen som hon nu visste hade intagit hennes hjärta till hundra procent. Nu fanns det ingen annan för henne. Hon skymtade hans gestalt när han dök upp i dörröppningen och sträckte en välkomnande hand emot honom. Tillfället kändes magiskt. Hon förundrades över de starka känslor som kom över henne inför det som hon väntat på så länge. Hon hade nog inte trott att hon skulle kunna uppleva något sådant här när hon redan kommit så långt i livet.

När hans läppar mötte hennes var det som om allt runt omkring bara försvann. Det var bara hon och han. Det var bara de två i hela universum. Det var som ett overkligt lyckorus men samtidigt ändå så oerhört jordnära...

Tidigare utgivna böcker av Arne (G D) Johansson:

Samtliga utgivna på Evangeliipress AB

Kontakt:

arnegdj@me.com

0730517616